amêndoa

OBJETIVA

Nedjma

amêndoa

UM RELATO ERÓTICO

Tradução
Adalgisa Campos da Silva

OBJETIVA

Título original
L'AMANDE: RÉCIT INTIME

EDITORA OBJETIVA LTDA., rua Cosme Velho, 103
Rio de Janeiro — RJ — CEP: 22241-090
Tel.: (21) 2556-7824 — Fax: (21) 2556-3322
www.objetiva.com.br

Capa
Evelyn Grumach

Revisão
Marilena Moraes
Taís Monteiro

Editoração Eletrônica
Abreu's System Ltda.

N371a

Nedjma

Amêndoa : Um relato erótico / Nedjma. Tradução de Adalgisa Campos da Silva. – Rio de Janeiro : Objetiva, 2004

207 p ISBN 85-7302-636-7

Tradução de : *L'amande : Récit intime*

1. Literatura – Romance. I. Título

CDD 890

Prólogo

Este relato é antes de tudo uma história de alma e de carne. Um amor que diz seu nome, muitas vezes cruamente, que não é tolhido por moral alguma, fora a do coração. Por meio dessas linhas em que se misturam esperma e oração, tentei derrubar as paredes que hoje separam o celeste do terreno, o corpo da alma, o místico do erótico.

Só a literatura possui uma eficácia de "arma fatal". Então a utilizei. Livre, crua e jubilatória. Com a ambição de devolver às mulheres do meu sangue uma fala confiscada por seus pais, irmãos e esposos. Em homenagem à antiga civilização dos árabes, onde o desejo era declinado até na arquitetura, onde o amor era livre do pecado, onde gozar e fazer gozar eram um dever do crente.

Ergo essas palavras, como se ergue um brinde, à saúde das mulheres árabes, para quem retomar a fala confiscada sobre o corpo é em parte curar seus homens.

> Louvado seja Deus que criou os paus retos como lanças para guerrear nas vaginas [...]. Louvado seja Aquele que nos deu a dádiva de mordiscar e chupar os lábios, encostar coxa contra coxa e depositar nossos colhões no limiar da porta da Clemência.
>
> Xeque O. M. Nefzaoui,
> *O Jardim Perfumado.*

À guisa de resposta ao xeque Nefzaoui

Eu, Badra bent Salah ben Hassan el-Fergani, nascida em Imchouk, sob o signo de Escorpião, calçando 37 e em breve completando cinqüenta anos, declaro o seguinte: não me interessa se as negras têm bocetas saborosas e são de uma obediência absoluta; se as árabes e as persas são as mais férteis e as mais fiéis; se as núbias têm as bundas mais redondas, as peles mais macias e o desejo ardente como uma língua de fogo; se as turcas têm os úteros mais frios, os temperamentos mais tinhosos, os corações mais rancorosos e a inteligência mais luminosa; se as egípcias têm a fala doce, a amizade agradável e a fidelidade caprichosa.

Declaro estar me lixando para carneiros como para peixes, para árabes como para cristãos, para o Oriente como para o Ocidente, para Cartago como para Roma, para Henchir Tlemsani como para os jardins da Babilônia, para a Galiléia como para Ibn Battonta, para Naguib Mahfouz como para Albert Camus, para Jerusalém como para Sodoma, para o Cairo como para São Petersburgo; para São João como para Judas, para prepúcios como para ânus, para virgens como para putas, para esquizofrênicos como para paranóicos, para Ismahan como para Abdelwahab, para o rio Harrath como para o oceano Pacífico, para Apollinaire como para Moutannabi, para Nostradamus como para Diop, o marabu.

Pois eu, Badra, decreto só ter certeza de uma coisa: sou eu quem tenho a boceta mais linda da terra, a mais bem desenhada, a mais carnuda, a mais profunda, a mais quente, a mais molhada, a mais ruidosa, a mais perfumada, a mais cantante, a que mais gosta de pica quando as picas se armam como arpões.

Posso dizer isso, agora que Driss morreu e eu o enterrei, embaixo dos loureiros do rio, em Imchouk, a infiel.

Ainda hoje, às vezes, desejo um beijo. Não mais roubado entre duas portas, apressado e atrapalhado, mas dado e recebido com calma e em paz. Um beijo de boca. Um beijo de mão. Uma ponta de tornozelo, um detalhe de têmpora, um perfume, uma pálpebra, uma felicidade dormente, uma eternidade. Meus cinqüenta anos agora são capazes de parir. Apesar das ondas de calor e dos ataques de raiva da menopausa. Rindo, chamo meus ovários de mentirosos. Ninguém sabe que não faço amor há três anos. Porque não tenho mais fome. Abandonei Tânger aos seus. Aos pornôs alemães captados via satélite depois de meia-noite. Aos camponeses que fedem a suor e vomitam sua cerveja nas ruelas escuras. Às peruas que rebolam a bunda e se fazem embarcar às carradas tagarelas em Mercedes roubados na Europa. Às idiotas que usam véu porque se recusam a assumir a sua época e demandam um paraíso à metade do preço.

De rabo de olho, vigio o jovem Safi, trabalhador diarista que me paquera descaradamente, empoleirado em meu próprio trator. Ele tem só trinta anos e certamente pensa em dinheiro quando me paquera, o analfabeto. Não no meu, mas no que Driss me deixou por testamento registrado em cartório datado de agosto de 1992. Há 15 dias me pergunto se não vou botar esse garoto na rua, indignada que ele ache que sofro de lubricidade senil e espere se aproveitar disso. Mas mudo de idéia quando vejo sua filhinha correr para ele, as tranças cheias de fitas, e beijar sua cara barbada. Dou-lhe mais uma semana antes de lhe enfiar um pé no rabo, para botá-lo no seu lugar.

Sei que trepo como ninguém e que, se decidir pagar para ter o Safi para mim, farei-o largar mulher e filha. Mas esse matuto não sabe o que eu sei. Que só se trepa bem por amor, nunca por dinheiro, e que o resto é só desempenho. Amar e viver sem meio-termo. Amar e nunca baixar os olhos. Amar e perder no jogo. E, estropiada, aceitar que a trepada sirva de forro quando o coração cai do topo da lona e não há rede nenhuma para protegê-lo de suas acrobacias. Se quebrar toda e aceitar viver desconjuntada. Já que a cabeça está salva...

Talvez tenha sido o malandro desse Safi que me levou a escrever. Para estruturar minha raiva. Para deslindar o novelo. Para reviver minha vida e gozá-la uma segunda vez em lugar de fantasiar outra. Num caderno escolar, comecei a rabiscar coisas. Nomes de ruas, nomes de cidades. Lembranças. Receitas esquecidas.

Um dia, escrevi: "A chave do paraíso feminino está em toda parte: nos mamilos que se empinam, intumescidos de desejo, febris e imperiosos. Precisam de saliva e carícias. Morder e fazer festinhas. Os seios se animam e só pedem para deixar esguichar seu leite. Querem ser mamados, tocados, colhidos, presos e libertados. Seu orgulho não tem limite. Nem seus sortilégios. Eles derretem na boca, se furtam, endurecem e se concentram em seu prazer. Querem sexo. Na hora em que sabem que a brincadeira é boa, ficam francamente lúbricos. Prendem os paus e, tranqüilizados, ganham coragem. Às vezes seus mamilos se tomam por clitóris ou mesmo por picas. Vêm se alojar nas pregas de um ânus pudico. Arrombam um buraco que, de tanto aspirar um objeto ou um ser, engole tudo o que aparece: um dedo, um mamilo ou um consolo bem lubrificado. A chave está aonde se deve ir, aonde não se cogita ir: no pescoço, no lobo das orelhas, na prega de uma axila cabeluda, no lóbulo que separa as nádegas, nos artelhos que é preciso saborear para saber o que é amar, no interior das coxas. Tudo, no corpo, é capaz de delírio. De prazer. Tudo geme e escorre para quem sabe excitar. E beber. E comer. E dar."

Corei com o que escrevi, depois achei muito verdadeiro. O que me impede de continuar? As galinhas cacarejam no quintal, as vacas parem e dão um leite grosso, os coelhos fornicam e dão cria todos os meses. O mundo segue seu curso. Eu também. De que deveria me envergonhar?

"Sua árabe", dizia Driss. A árabe é três quartos berbere e quer que se foda quem acha que ela serve para esvaziar penico. Eu também vejo televisão e, se tivessem me falado a tempo da física quântica, eu poderia ter sido um segundo Stephen Hawking. Ou dado um concerto em Colônia, como Keith Jarrett, que acabo de descobrir. Poderia até ter sido pintora e exposto no Metropolitan Museum de Nova York. Pois também sou poeira de estrela.

"Sua árabe." Claro que sou árabe, Driss. Quem melhor que uma árabe soube recebê-lo em seu útero? Quem lavou seus pés, lhe deu de comer, cerziu seus casacos e lhe deu filhos? Quem esperou até depois de meia-noite você voltar cheio de vinho e piadas duvidosas, sofreu seus assaltos apressados e suas ejaculações precoces? Quem velou para que seus filhos não fossem enrabados e as filhas engravidadas numa curva ou numa pedreira abandonada? Quem se calou? Quem tomou conta da raposa e do galinheiro? Quem tergiversou? Quem guardou luto por você 12 meses seguidos? Quem me repudiou? Quem se casou comigo e se divorciou de mim só para salvaguardar seu orgulho descabido e seus negócios de herança? Quem me bateu a cada guerra perdida?

Quem me estuprou? Quem me esganou? Quem, fora eu, a árabe, está farta de um islã que você desfigurou? Quem, fora eu, a árabe, sabe que você está na lama e que é bem feito para o seu convencimento? Então por que eu me privaria de falar de amor, de alma e de cu, senão para dar a resposta a seus ancestrais injustamente esquecidos?

No quarto guiblia,[1] *Driss havia empilhado suas caixas de livros, seus manuscritos iluminados, seus quadros de mestre e seus lobos empalhados de olhar ausente. Desde sua morte, só a jovem Sallouha está autorizada a entrar uma vez por semana para limpar o escritório e encher de tinta fresca um tinteiro de porcelana da China. Eu praticamente nunca ia lá, já conhecendo os objetos de Driss, mas sem a menor necessidade deles.*

Quando decidi escrever minha vida, abri as caixas de livros à cata de volumes árabes, grossos e muito antigos, onde Driss ia pescar suas palavras adequadas e suas poucas sabedorias. Eu sabia que ali encontraria gente mais louca, mais corajosa e mais inteligente que eu.

Li. E reli. Quando me perdia, ia embora para os campos. Sou rural. Só o bafo do trigo e o cheiro das sementes podiam harmonizar minhas idéias embaralhadas.

Em seguida, voltei aos Antigos, estarrecida com suas ousadias que não têm equivalente entre seus descendentes do século XX que, na maioria, não possuem honra nem humor. Mercenários e poltrões, de resto. Fiz uma pausa cada vez que uma idéia me impressionava por sua exatidão ou que uma frase me estrangulava por seu vigor tranqüilo. Confesso: ri às gargalhadas, como tive estremecimentos de pudor. Mas decidi escrever da mesma forma: livre, sem frescuras, com a cabeça clara e o sexo trêmulo.

---

[1] *Voltado para o norte.*

Desembarquei em Tânger depois de oito horas de viagem e não foi uma decisão impensada. Minha vida rumava direto para a tragédia, como um carro fúnebre bêbado, e, para salvá-la, eu não tinha outra escolha senão pular no trem que parte todos os dias da estação de Imchouk às quatro horas da manhã em ponto. Durante cinco anos, ouvi-o chegar, apitar e partir sem ter coragem de atravessar a rua e saltar a mureta da estação para acabar com o desprezo e a gangrena.

Não preguei o olho à noite, febril e com o coração à espreita. Os barulhos se sucederam idênticos, ao longo das horas: a tosse e os escarros de Hmed, os latidos dos dois cães vira-latas que montam guarda no pátio e o canto rouco de algum galo aturdido. Antes do chamado à oração da *fajr*,[1] eu estava em pé, enrolada num *haïk*[2] de algodão passado a ferro dois dias antes em casa de Arem, minha vizinha e costureira, a única num raio de trinta quilômetros a possuir um ferro a carvão. Peguei minha trouxa escondida num jarro de cuscuz, dei tapinhas no focinho dos cães que vieram me farejar, atraves-

[1] Aurora.

[2] Véu de algodão ou de linho usado em algumas regiões do Magreb.

sei correndo a rua e as ladeiras, e pulei no último vagão, quase mergulhado na escuridão.

Foi meu cunhado quem se encarregou de me comprar a passagem, e Naïma, minha irmã, conseguiu fazê-la chegar a mim escondida numa pilha de *baghrir*.[3] O fiscal que veio controlar a cabine perfurou-a sem erguer os olhos, não se atrevendo a se atrasar me encarando. Deve ter me confundido com a nova esposa de tio Slimane que usa véu e se orgulha de imitar as citadinas. Se tivesse me reconhecido, teria feito com que eu desembarcasse e teria instigado a família do meu marido, que teria me afogado num poço. Esta noite, ele dará a notícia a seu amigo Issa, o professor, espantando as moscas que voejam em volta de seu copo de chá frio e amargo.

A cabine ficou quase vazia até Zama, onde o trem parou por uns bons 15 minutos. Um senhor corpulento embarcou, levando a tiracolo um *bendir*[4] e duas mulheres vestidas com *mélias*[5] azuis e vermelhas, cobertas de tatuagens e jóias. Elas começaram a cochichar, a boca escondida pelos *ajars*,[6] falaram baixinho, depois elevaram a voz, encorajadas pela ausência de desconhecidos do sexo masculino. O músico então tirou um frasco do bolso de seu djelaba, bebeu três goles sem tomar fôlego, afagou longamente o *bendir* antes de tocar uma música alegre e vagamente obscena que ouvi muitas vezes os nômades cantarem durante a colheita.

As mulheres logo se puseram a dançar, me lançaram piscadelas vulgares roçando a cada requebro o peito do músico com as mechas de seu cinto com as cores do arco-íris. Meu

---

[3] Variedade de bolachas.

[4] Instrumento de percussão.

[5] Hábito tradicional das mulheres rurais do Magreb.

[6] Pano que cobre a metade inferior do rosto.

ar carrancudo deve tê-las ofendido, pois elas me ignoraram durante o resto da viagem.

Não me aborreci um segundo até Medjela, onde o trio desembarcou, barulhento e de porre, provavelmente para celebrar alguma boda de ricos.

Ainda levei duas horas de ônibus para chegar a Tânger. A cidade se anunciou por suas falésias, suas fachadas brancas e os mastros de seus barcos atracados. Eu não tinha fome nem sede. Só medo. De mim mesma, é bom precisar.

Era uma terça-feira triste em que soprava o *ajaj*, um vento de areia que provoca enxaqueca e icterícia, como só pode soprar no mês de setembro. Eu tinha trinta *dirhams* comigo, uma fortuna, e poderia folgadamente ter chamado um dos táxis verdes e pretos que circulam pelas ruas elegantes de Tânger, cidade de aspecto frio apesar do que dizia meu irmão mais velho quando voltava para a vila carregado de tecidos para meu pai. Sempre desconfiei que Habib fosse meio mentiroso, só para enfeitar as coisas e fazer como todas as pessoas de Imchouk, chegadas a fabulações, vinho e putas. No Livro de Contabilidade que o Eterno mantém, os homens estão certamente inscritos no capítulo dos Fanfarrões.

Não tomei nenhum táxi. Eu tinha o endereço de tia Selma rabiscado grosseiramente num pedaço de papel quadriculado, arrancado do caderno de meu sobrinho Abdelhakim, o que na minha noite de núpcias rolou em cima da cama conjugal para conjurar o azar e me incitar a dar um herdeiro ao fedorento do meu marido.

Saltando do ônibus, titubeei um pouco, ofuscada pelo sol e as volutas de poeira. Um carregador, sentado no chão de pernas cruzadas à sombra de um choupo, olhou para mim, com um ar imbecil, o barrete imundo e o cachecol manchado de sumo de fumo de mascar. Foi a ele que perguntei o caminho, certa de que um pobre não pode procurar briga com uma mulher de véu nem se permitir importuná-la.

— A rue de la Vérité, você diz? Bom, não sei, prima!

— Me disseram que era pertinho de Mouley Abdeslam.

— Não é longe daqui. Suba o bulevar, passe pelo Grand Socco e entre na medina. Lá certamente haverá alguém para ajudá-la a encontrar essa rua.

Era um camponês, um irmão de raça, e seu sotaque de nativo da região me comoveu. Em Tânger também se falava a língua das vilas perdidas. Afastei-me, hesitante, dei alguns passos mais ou menos na direção indicada pelo carregador, quando um jovem de roupa de trabalho azul, cachecol da mesma cor e ar orgulhoso me barrou o caminho:

— Não tenha medo. Ouvi você perguntar o caminho a Hasouna, o carregador. Sou do bairro e posso levá-la ao endereço que procura. Sabe, Tânger é uma cidade perigosa e as mulheres com uma beleza como a sua nunca circulam por ela sozinhas.

Pega de surpresa, desconcertada com a audácia dele, eu não soube o que responder. Tendo dois terços da cara escondidos pelo véu, lancei-lhe um olhar fulminante, ofendida. Ele caiu na gargalhada:

— Não me olhe assim, senão caio duro. Você está chegando do interior, logo se vê. Vou só acompanhá-la. Não posso deixar uma *ouliyya*[7] atravessar Tânger sem um protetor. Você não é obrigada a me responder. Basta me seguir e *alik aman Allah*, você está sob a proteção de Deus.

Segui-o, não tendo outra opção, dizendo a mim mesma que eu sempre poderia gritar se ele tentasse algum gesto,

[7] Designa as mulheres em geral e subentende "mulher sem defesa ou sem proteção". *Oulaya* é o plural.

atrair uma roda de passantes ou me dirigir a um dos guardas de trânsito vestidos com aquele uniforme barrado de tiras de couro brilhante. No fundo, eu não estava com tanto medo assim. Ter ousado tomar o trem para fugir de meu marido reduzia todas as outras audácias a infantilidades.

Eu lançava olhares furtivos para o homem que ia à minha frente e achei que ele tinha um porte nobre. Da mesma idade que eu, nitidamente, e com uma ginga de galo de briga. Nem uma vez virou-se para trás, mas eu sentia que estava consciente do olhar satisfeito que eu pousava em seus ombros largos, fascinada com sua virilidade. Uma estranha sensação se espalhava em minhas veias: o prazer de desafiar a proibição numa cidade onde eu não conhecia ninguém e onde ninguém me conhecia. Eu até disse a mim mesma que a liberdade era mais embriagadora do que a primavera.

Tive dificuldade de conservar o olhar fixo em meu guia, de tal maneira as ruas me pareceram largas e seus plátanos imponentes. Por toda parte, cafés e homens vestidos com djelabas e ternos europeus instalados nos terraços. Mais de uma vez senti as pernas bambearem sob os olhares insistentes que levantavam meu véu cor de manteiga fresca usado à moda citadina. Tânger podia ter me impressionado por seus prédios, mas seus homens me pareceram em tudo iguais àqueles que eu havia deixado em Imchouk, patinando na bosta e perdendo tempo com detalhes sem a menor importância.

Ao fim de vinte minutos de caminhada, o homem virou à esquerda, depois se meteu numa ruela. Uma passagem estreita que subia serpeando toda vida. Bruscamente tive sede nessa viela escura por onde eu seguia atrás de um guia cujo nome eu ignorava.

Ao chegar à entrada da medina, ele parou. Estava claro de novo e o silêncio era total, afora o eco longínquo dos versículos do Alcorão salmodiados por um coro de crianças. Meu guia disse, sem se virar:

— Chegamos. Então, essa é a casa que você procura?

Mostrei-lhe o papelzinho amassado que eu apertava na mão. Ele examinou-o longamente antes de exclamar:

— Pois bem, é ali, bem à sua direita!

Será que eu havia chegado mesmo ao meu destino? De repente, fiquei em dúvida. A porta que meu guia mostrava poderia esconder uma cilada, um antro onde malfeitores me drogariam, abusariam de mim, me decapitariam e me jogariam em "grutas escavadas na falésia" ou em baías que "fedem mais do que qualquer fuinha da nossa terra", afirmava meu irmão Habib.

O homem adivinhou minha inquietação:

— Você tem um nome, além do endereço? Alguém que se possa chamar?

Murmurei cheia de esperança:

— Tia Selma.

Ele empurrou a pesada porta tacheada da entrada e entrou num *driba*[8] escuro. Ouvi-o gritar a plenos pulmões: "*Ya oumalli ed-dar,* ei! Ó de casa, tem alguém aí?"

As persianas de uma janela bateram no alto, uma porta rangeu e ouviram-se vozes, desconhecidas e ligeiramente abafadas.

— Aí tem alguma tia Selma?

Um murmúrio, passos precipitados e minha tia aparece inquieta, calçando *michmaqs*[9] cor-de-rosa cinzelados como uma jóia. Bateu com força no próprio peito:

— Ué! O que você está fazendo aqui?

---

[8] Vestíbulo ou corredor de entrada.

[9] Chinelos finamente trançados ou bordados.

Ela, em todo caso, estava mesmo ali e isso era tudo o que me importava. Meu guia surgiu atrás dela, feliz e não pouco orgulhoso de tê-la desencavado. Tive vontade de rir.

— O que aconteceu com você? Morreu alguém lá?

Respondi, aturdida e absolutamente sincera:

— Eu.

Ela logo se recompôs, olhou, intrigada, para o meu guia, agradeceu-lhe a gentileza. Minha resposta me pareceu ter divertido o jovem, que ajustou o chapéu, cruzou os braços atrás das costas e disse, dirigindo-se à minha anfitriã: "Missão cumprida, *lalla*.[10] Simplesmente, um conselho: com os olhos que essa gazela tem, nunca desgrude dela." Ele sorriu. Foi embora. Já ocupava os meus pensamentos.

[10] Título dado às mulheres idosas ou da burguesia. Equivale a dona ou senhora.

Tia Selma estava em plena festa de mulheres quando a incomodei. Depois, eu soube que a tarde era a hora das mulheres em Tânger. Elas se reúnem em trajes de gala, mundanas e alegres, em torno de bandejas de doces, tomando café e chá, experimentando fumar cigarros espanhóis ou americanos, trocando suas piadas atrevidas, suas fofocas e suas confidências, não de todo sinceras. Os *ichouiyyates* eram um rito social dos mais sérios, quase tão importantes quanto os *frouhates*, essas festas de casamento, de circuncisão ou de noivado formais e protocolares, aonde a mulher tinha de ir vestida com suas melhores roupas e jamais parecer pobre nem largada pelo marido.

Ela me instalou num quarto fresco, acendeu um lampião de petróleo, desculpando-se por ter de me deixar sozinha. "Você entende, tem gente me esperando lá em cima, na casa da vizinha." Pôs uma garrafa d'água e um copo na mesa, disse-me que logo voltaria. Bebi longos goles de água, da garrafa mesmo, e adormeci logo, exausta. Foi a visão do homem de azul que me embalou antes de eu mergulhar num sono de sonhos rajados de cinza e amarelo, como um céu de tempestade de outono.

Acordei no meio da noite, faminta, a cabeça sobre um travesseiro, uma manta de lã jogada em cima das pernas.

O sofá era estreito e duro, e os barulhos da casa me eram desconhecidos. A meus pés jazia a trouxa na qual eu enfiara um pão fresco e dois ovos cozidos. A fome é maior que o medo. Devorei minha ração, de olhos fechados, naquele quarto oblongo onde a sombra imensa dos móveis se projetava, hostil, nas paredes e no teto, de pé-direito mais alto que os de Imchouk.

Tornei a adormecer, proibindo-me qualquer reflexão. Eu estava em Tânger. Pouco importavam meus vinte anos que não tinham nada em que se segurar. Meu passado estava para trás. Afastava-se como se afastam as nuvens carregadas de geada, apressadas e culpadas. Mas Imchouk estava lá e resplandecia em toda a sua luz. Nos meus sonhos, eu sempre corro descalça, e corto caminho pelos campos de cevada e alfafa para me livrar de meus companheiros de brincadeira, os cabelos enfeitados de papoulas e o riso cristalino.

Imchouk é ao mesmo tempo burra e estranha. Tão plana quanto a própria platitude e mais tortuosa que as grutas de Djebel Chafour que a entregam, em seu flanco oeste, aos ventos e à cascalheira preta e gretada do deserto. Pousada a dois passos do inferno, a folhagem que ali viceja, suculenta e pagã, parece zombar das areias que a observam e sitiam seus pomares. As casas ali são baixas e brancas, as janelas estreitas e pintadas de ocre. Um minarete se ergue em seu centro, não longe do bar dos Incompreendidos, único lugar onde os homens podem blasfemar e vomitar em público.

O rio Harrath desenhou em Imchouk uma fenda que divide a cidade em crescentes opostos. Em pequena, muitas vezes sentei-me em meio aos loureiros luxuriantes que ondulam, amargos e mentirosos, sobre suas margens para vê-lo correr, zombeteiro e traiçoeiro. Como os homens de Imchouk, o rio Harrath gosta de desfilar e tem mania de pisotear tudo ao passar. Sua água irisada, que as cheias do outono tornam lamacenta e espumosa, serpeia através da vila antes de se perder ao longe, no vale. "Esse rio é indecente", fulminava Taos, a segunda esposa de tio Slimane. Eu não sabia, na época, o que era decência, não vendo nada à minha volta senão galos comendo suas galinhas e garanhões cobrindo suas éguas. Mais tarde, compreendi que essa calamidade chamada decência só se impõe às mulheres para fazer delas múmias maquiadas de olhos vazios. Tratar o rio de indecente refletia uma raiva que censurava Imchouk tacitamente por sua lubricidade de fêmea fecunda. Fêmea que enlouquece os pastores e os faz montar na primeira coisa que lembre um traseiro feminino, incluindo vagina de asna e buraco de cabra.

Sempre adorei o rio Harrath. Talvez porque tenha nascido no ano de sua cheia mais monstruosa. Ele transbordara do leito, invadira as casas e as lojas, metera a língua até nos pátios internos e nas reservas de trigo. Foi tia Selma quem me contou o episódio 15 anos mais tarde, sentada no pátio de sua casa coberta de parreira, que tio Slimane revestira de mármore para lhe dizer a que ponto amava sua mulher. Seu colo feliz dava prazer à garota que eu ainda era e cujos seios começavam a se arredondar embaixo de vestidos leves. Tia Selma falava e, entre risos, quebrava as amêndoas, verdes e amargas, com um golpe seco de uma mão de almofariz de cobre amarelo. Ela gostava do verão pela abundância de seus frutos, que se amontoavam no vestíbulo em grandes cestos de vime trazidos direto dos pomares pelos meeiros.

"Naquele ano, ficamos isolados do mundo durante 21 dias", recordou. "E o mundo se lixava para isso como para o cu sujo de Bornia! Que lua-de-mel foi aquela! Eu deveria era ter esperado na casa da minha mãe, no seco, as tempestades de novembro passarem!", acrescentou às gargalhadas. "Mas eu era boba, e seu tio, impaciente. Imagine a minha cara ao desembarcar de caftã de seda e salto agulha nesse buraco perdido! Sabe que as camponesas andavam quilômetros para vir me ver como um bicho raro? Puxavam meus cabelos para ter certeza de que eu não era uma boneca. Um país de matutos, estou dizendo!"

Ela me ofereceu um punhado de amêndoas brancas, depois atiçou o fogo do braseiro com algumas abanadas de leque. O chá cantarolava, espalhando seu cheiro pesado e açucarado.

"A cheia provocou febres e alucinações nos carolas dos seus primos", continuou tia Selma. "Tijani, o míope, e Ammar, o perneta, decretaram que tanta água era bom presságio: fecundava a terra e purificava, ao passar, nossos corações do pecado. O pecado! Eles só têm essa palavra na boca! Como se não fôssemos muçulmanos e passássemos o dia cagando nos trigais! Esses tarados se julgam o mufti de Meca porque recitam três versículos do Alcorão sobre os macabeus antes de serem postos na cova. Que a varíola os deixe com a cara toda furada de pústulas! Quanto aos outros fedelhos, eles foram contar em todo canto que aquilo era o Dilúvio anunciador do final dos tempos. Besteira! Enquanto Gog e Magog* estiverem atentos, o vesgo do Anticristo ainda não tiver aparecido em Jerusalém e Jesus, Filho de Maria, não tiver voltado para botar um pouco de ordem na zona cósmica, podemos dormir sossegados! Claro que Deus está farto das nossas crueldades, mas ainda não se decidiu a nos expulsar de seu belo Éden com um pontapé no rabo! Porque você bem sabe que o Éden é cá embaixo e a gente não vai ter

* Seres mencionados no Alcorão, provavelmente do povo cita. (N. da T.)

jamais outro assim tão bonito, mesmo no mais alto dos céus! Deus nos perdoe as nossas maldades e as nossas besteiras!"

Quase me mijei de rir, tamanho era o talento de *lalla* Selma para os sarcasmos e as blasfêmias bem ilustrados. Aquela que conseguiu herdar, não sei por que milagre, o saber de um ilustre tio teólogo, era única quando se tratava de pôr nas pessoas apelidos que divertiam toda a região. Como era a única a poder descompor Deus sem jamais Lhe faltar ao respeito.

Ela acrescentou, cenho franzido e olhar pensativo: "Sabe de uma coisa? Eu não acredito em pecado. E, no dia do Juízo Final, os que se deleitam com ele só terão para exibir como único e hediondo pecado ao sagrado olhar do Senhor dos mundos suas picas cheias de cascas de ferida. Eles acham que as vilezas cometidas pelo seu pedaço de carne vão impressioná-Lo! Eu digo a você que todos esses bastardos vão apodrecer no inferno por não terem sido capazes de cometer pecados belos e nobres dignos da infinita grandeza de Deus Todo-Poderoso!"

Vituperando contra a gente de Imchouk, tia Selma dizia sempre "eles". Nunca "elas". Como se as travessuras das mulheres não passassem de ninharias destinadas a divertir as constelações.

Perturbada, arrisquei-me a perguntar-lhe o que era um pecado bom e nobre. Ela deu sua risada ensolarada de leoa, afugentando o cãozinho marrom que alimentava na mamadeira e que não parava de lhe lamber os pés. Murmurou, de repente, solene e sonhadora: "Amar, minha filha. Só amar. Mas é um pecado que merece o paraíso como recompensa."

Tia Selma é tangitana de nascimento. Ao chegar um belo dia de braço dado com tio Slimane, viu pela primeira vez na vida um rio na cheia. Loura e farta, pegou sem cerimônia o moisés que me servia de berço e beijou o magnífico bebê que eu era, sob o olhar nervoso de meu pai, pouco afeito a transbordamentos desse gênero.

Instalamo-nos, ela e eu, debaixo do toldo do pátio de telhas verdes descascadas e era como se estivéssemos sozinhas no mundo, fora do tempo, fora de Tânger. Ela sorria ainda ao se lembrar de sua chegada em Imchouk, ingênua e totalmente deslocada, e da acolhida que meu pai lhe reservara, visivelmente contrariado.

— Por causa do rio? — perguntei.

— Não! Antes por sua causa! Uma boca a mais para alimentar enquanto os tempos endureciam, e sua mãe, após uma interrupção de cinco anos, parecia ter recomeçado a dar cria feito uma coelha.

Eu lhe disse que meu pai nunca me fez sentir que eu era um fardo. "Claro! Você era a preferida dele. Seu pai era carinhoso, mas precisava esconder sua natureza sensível embaixo de uma massa de silêncios falsamente rudes. Ah, nem sempre é divertido ser homem, sabe? A pessoa não tem direito de chorar. Mesmo quando enterra o pai ou a mãe ou o filho. Não pode dizer 'eu te amo', nem que está com medo ou que pegou gonorréia. Não se espante, depois disso, que nossos homens se transformem em monstros." Acho que foi a primeira vez que vi tia Selma demonstrar um pouco de compaixão pelos homens.

Enrolando as migalhas do bolo de gergelim que ela pousara ao lado de minha xícara de café, não parei de perscrutar seu rosto furtivamente, receando descobrir aí uma reticência ou um sinal de contrariedade. Não, tia Selma não parecia com raiva de mim por eu ter baixado em sua casa sem avisar. Deixou-me acordar com calma, contentando-se em fumar e beber seus copos de chá, só evocando suas lembranças de Imchouk para me levar a lhe abrir meu coração, que ela adivinhava trancado pelo ódio e a raiva. Sem esperança de me ouvir abordar o assunto de frente, pousou solidamente os braços em cima da barriga, estalou os dedos e atacou:

— Bom, agora me diga: o que vem fazer aqui? Não pôs fogo na casa nem envenenou sua sogra, espero. Prefiro lhe confessar logo: esse casamento nunca me cheirou muito bem. Sei que é preciso casar, mas não a esse preço!

Baixei a cabeça. Se quisesse ser honesta com ela, eu devia lhe contar tudo em detalhes. Mas havia muitas coisas me machucando que eu queria apagar para sempre da lembrança.

O casamento de Badra

Hmed tinha quarenta anos. Eu acabara de fazer 17. Mas ele era notário e o título lhe conferia um poder exorbitante aos olhos dos aldeões: o de fazê-los existir nos registros do Estado! Ele já havia se casado duas vezes, e repudiado suas mulheres devido à esterilidade. Considerado soturno e colérico, morava numa bela propriedade de família, situada na saída da vila, não longe da estação de trem. Todo mundo sabia que ele contemplava as futuras esposas com dotes gordos e lhes oferecia bodas faustosas. Era um dos melhores partidos de Imchouk, cobiçado pelas virgens comportadas e suas mães cobiçosas.

Um dia, a mãe de Hmed empurrou a porta de casa e eu vi, na mesma hora, que era a minha vez de botar a cabeça no cepo. Flagrei uma camponesa cochichando para mamãe seus conselhos de falsa aliada:

— Aceite! Sua filha já é uma mulher, você não pode continuar deixando-a ir à cidade estudar nesse maldito colégio que não lhe servirá de nada. Se você teimar, ela vai criar vermes que vão comê-la de tal maneira que ela vai sair à caça do macho.

Decerto, o estudo não me dizia muita coisa, mas voltar a me trancar em casa também não me atraía. O primeiro e único colégio de moças de Zrida me servia de salvo-conduto para sair de casa, e o internato me permitia, sobretudo, escapar da vigi-

lância de Ali, o frango do meu irmão caçula, que botava sua honra na calcinha das fêmeas da tribo e a quem a morte recente de meu pai designava oficialmente como meu tutor. Mandar nas mulheres permite aos garotos se afirmarem como rjal[1] *e viris. Sem uma irmã à mão para surrar, sua autoridade se esgarça e atrofia como uma piroca com falta de inspiração.*

Minha futura sogra não esperou o de acordo definitivo de minha mãe para julgar e avaliar minhas capacidades de me tornar uma esposa digna de seu clã e de seu filho. Desembarcou com a filha mais velha no hamman* *um dia em que eu lá estava. Elas me examinaram da cabeça aos pés, apalpando-me os seios, a bunda, o joelho, depois a barriga da perna. Tive a impressão de ser um cordeiro do Aïd.*** *Só me faltavam as fitas da festa. Mas, conhecendo os usos e costumes, deixei-as fazer comigo o que queriam, sem reclamar. Por que perturbar códigos bem azeitados que transformam o* hamman *em* souk*** *onde se vende carne humana por um terço do preço da carne animal?*

Depois foi a vez da avó, uma centenária tatuada da cabeça aos pés, de cruzar o umbral da casa da família. Ela se instalou no pátio e ficou me observando tratar dos assuntos da casa, cuspindo o sumo do seu fumo de mascar num grande lenço quadriculado de azul e cinza. Minha mãe não parava de me lançar olhares, incitando-me a trabalhar com afinco, sabendo que a velha megera faria um relatório aos seus sobre os meus talentos de dona de casa. Eu sabia que a mercadoria era enganosa.

Hmed me conhecera muito pequena e havia dois anos me olhava com olhos febris a cada ida para o colégio e a cada volta para casa. Ele me via caminhar, olhos baixos e passos precipitados,

---

[1] Homens.

* Banho turco. (N. da T.)

** Festa religiosa muçulmana que comemora o sacrifício de Abraão. (N. da T.)

*** Mercado. (N. da T.)

querendo fugir depressa dos olhares voyeurs *e das línguas venenosas. Julgou que eu era um belo buraco a ser comido e um bom negócio a ser concluído. Queria filhos. Só meninos. Penetrar-me, engravidar-me e depois se pavonear nas festas de Imchouk, peito inchado e cabeça erguida por se ter assegurado uma descendência masculina.*

O inverno de 1962 me viu não nos bancos escolares, mas sim debruçada em cima das toalhas para bordar, das almofadas para encher, das mantas de lã cujos motivos eu deveria escolher para juntá-las ao meu enxoval. Como príncipe encantado, eu sonhava com um melhor que Hmed e sobretudo mais jovem. Eu tinha vergonha de ter aceitado que me quebrassem os dedos e a vontade com tamanha desenvoltura. Para dizer não à horrível palhaçada, comecei a usar qamis[2] *sem forma e a recolher os cabelos no primeiro lenço que encontrava no varal. Eu tinha nojo de mim mesma.*

O colégio ia longe e a lembrança das colegas, dentre elas a bela Hazima, se esfumava. Do mundo exterior, as notícias transmitidas pelo rádio me chegavam num murmúrio. A Argélia vizinha estava independente e o FLN triunfava. Bornia, a boba do vilarejo, dançou na rua comemorando, como um sátiro mulher. Seus pés grandes calçados com galochas pesadas batiam o compasso de seu triunfo na terra calcária do mercado.

Eu não saía, a não ser para ir à casa de Arem, a costureira. No caminho, contornava cuidadosamente a casa das hajjalat.[3] *Passar pelos muros das meninas Farhat poderia custar caro às mulheres que se aventuravam ali. Mas eu já me atrevera a olhar uma vez para algo mais íntimo que sua casa e a lembrança*

---

[2] Vestimenta feminina ou masculina que se apresenta como uma camisa longa.

[3] Na origem, a palavra significa "viúvas", mas designa em certas regiões do Marrocos mulheres da vida.

áspera que me restava disso caçoava disfarçadamente na cara de Imchouk, a severa. Meu casamento iminente valeu-me alguns privilégios. Uma jovem camponesa substituiu-me no trabalho doméstico, pois em hipótese alguma eu podia estragar as mãos lavando os ladrilhos, fiando a lã ou amassando o pão. Eu vivia como uma versão feminina de Ali: sem tarefas penosas de que dar conta, sem ordens a executar. Tive direito a cardápios opulentos e o melhor pedaço de carne cabia a mim por direito. Eu deveria atingir uma robustez respeitável antes de chegar ao leito conjugal. Encheram-me de molhos untuosos, de cuscuz regado com sman,[4] *de* baghrir *encharcado de mel. Sem esquecer das massas recheadas de tâmaras ou amêndoas, nem, grande luxo, dos* tajines* *de pinhão, essa mercadoria rara. Eu engordava meio quilo por dia e minha mãe se alegrava com minhas bochechas vermelhas e redondas.*

Depois, fecharam-me num quarto escuro. Proibida de tomar sol, minha pele empalideceu e clareou sob o olhar de aprovação das mulheres do meu clã. Uma pele clara é um privilégio de ricos, como a louridão é o dos cristãos e dos turcos da Ásia central, descendentes dos deis e dos beis e sobretudo dos janízaros, esses mercenários de que Driss me falará mais tarde com um desprezo absoluto.

Em seguida, proibiram-me visitas, por medo de olho grande. Eu era rainha e ao mesmo tempo escrava. O objeto de todas as atenções e a última afetada pelo que se passava à minha volta. As mulheres do clã se preparavam para a imolação, sussurrando-me que cabia às mulheres seduzir o coração dos homens. "E o corpo também!", cochichava Neggafa, a depiladora titular de Imchouk. Minha irmã replicava maliciosa: "E um homem que

---

[4] Manteiga rançosa.

* Ensopado de carne ou frango com legumes. (N. da T.)

não consegue seduzir sua mulher? O que ele vale, no fim das contas?"

Enfim chegou o dia das bodas. Neggafa abriu nossa porta de manhã cedinho. Perguntou à minha mãe se queria conferir a "coisa" com ela.

— Não, vá sozinha. Confio em você — respondeu mamãe.

Acho que minha mãe procurava se poupar do constrangimento que tal "conferência" jamais deixa de suscitar, mesmo nas cafetinas mais endurecidas. Eu sabia a que exame eu seria submetida e me preparei para isso, o coração trancado e os dentes cerrados de raiva.

Neggafa mandou que eu me deitasse e tirasse a calcinha. Em seguida, abriu minhas pernas e debruçou-se sobre meu sexo. Senti de repente sua mão abrir os dois lábios e um dedo ser introduzido ali. Não gritei. O exame foi curto e doloroso, e guardei sua ardência como uma bala recebida na testa. Apenas me perguntei se ela tinha lavado as mãos antes de me estuprar impunemente. "Parabéns!", disse Neggafa à minha mãe, que veio saber das novidades. "Sua filha está intacta. Nenhum homem a tocou." Senti uma aversão violenta por minha mãe e Neggafa, cúmplices e assassinas.

— É! — suspirou tia Selma. — Dizer que continuamos apodrecendo aqui nas cavernas enquanto os russos mandam foguetes ao espaço e os americanos pretendem ir à Lua! Mas considere-se feliz. No interior do Egito, são as *dayas*[1] quem defloram as virgens para os maridos, com um lenço enrolado nos dedos. Parece até que lá cortam tudo das mulheres. Elas andam com um verdadeiro desastre entre as pernas. É por higiene, afirmam esses pagãos. Desde quando a sujeira incomoda os chacais? Pff!

Tia Selma vituperava, fora de si. Quanto a mim, eu tentava imaginar com que se parecia um sexo de mulher com seus relevos cortados. Um arrepio de horror me correu pelas costas, da nuca às nádegas.

— Vou lhe dizer — prosseguiu minha tia —, é preciso dar uma surra em nossos irmãos de raça, exatamente como fizeram os tunisianos. Olhe o Bourguiba deles! Ele não perdeu tempo. Vamos! Para fora, moças, vamos nos emancipar! Jurei tirar vocês de casa. E mandá-las para os bancos escolares, em duas, em quatro, em centenas! Isso é que é homem.

[1] Palavra de origem turca que designa uma mulher de certa idade, parente ou dama de companhia.

Homem de verdade. Além do mais, tem olhos azuis e eu adoro o mar.

Depois, se emendando:

— E agora? Conte logo o que aconteceu depois. Senão, você vai bater as botas antes de dar meio-dia.

Não, eu não amei Hmed, mas achei que pelo menos para alguma coisa ele me serviria: fazer-me mulher. Libertar-me e me cobrir de ouro e beijos. Tudo que ele conseguiu foi roubar minha alegria.

Ele voltava para casa todos os dias às seis da tarde, com seus registros de estado civil debaixo do braço, formal. Beijava a mão da mãe, dava bom-dia às irmãs, cumprimentava-me com um breve aceno de mão e se instalava no pátio para jantar.

Servi-lo, depois tirar a mesa. Ir para o quarto conjugal. Abrir as pernas. Não me mexer. Não suspirar. Não vomitar. Não sentir nada. Morrer. Fitar o kilim *pregado na parede. Sorrir para Saïed Ali decapitando o ogro com sua espada fendida. Limpar a entreperna. Dormir. Odiar os homens. A coisa deles. O esperma que cheira mal.*

Foi minha irmã Naïma quem logo desconfiou: as coisas não iam bem entre Hmed e mim. Ela tentou me indicar, corando, como fazer para colher algumas migalhas na mesa do prazer masculino. Mandei-a às favas, insatisfeita e incapaz de confessá-lo. E continuei todas as noites, salvo quando tinha minhas regras, abrindo as pernas para um bode quarentão que queria filhos e não os podia ter. Eu não tinha permissão para me lavar após nossos embates sinistros, tendo minha sogra mandado, desde o dia seguinte às núpcias, que eu guardasse a "preciosa semente" em mim para engravidar.

Por preciosa que fosse, a semente de Hmed não frutificava. Eu era sua terceira esposa e, como as duas primeiras, meu ventre continuava infértil, pior que uma terra em pousio. Meu sonho era que me crescessem espinheiros na vagina para Hmed arranhar seu negócio e desistir de lá voltar.

Tia Selma ouvia, a testa riscada por uma ruga de preocupação. As palavras eram explícitas e as minhas tomavam coragem para lhe contar uma desventura marcada pelo selo do segredo. Eu nunca teria imaginado conversar com ela abertamente sobre meu corpo e suas frustrações. Pela primeira vez na vida, eu estava ali sentada, falando-lhe de igual para igual, agora já mulher depois de ter sido por muito tempo sua jovem sobrinha. Ela sabia disso, constatava sua idade e a minha, e aceitava a mordida do tempo, depois da do macho inconstante e despreocupado. Admirei, com ternura e cumplicidade, seus seios de quarentona ainda firmes, sua pele de cetim, e pensei nas camponesas de Imchouk que vinham de longe admirá-la. Como tio Slimane pôde pisotear uma tal opulência e, sobretudo, como pôde se resignar a viver sem ela?

Durante esses três anos, minha barriga esteve no centro de todas as conversas e todas as brigas. Vigiavam meu aspecto, minha comida, meu andar e meus seios. Até mesmo flagrei minha sogra examinando meus lençóis. Certamente não era a minha água que corria o risco de manchá-los, minhas fontes tendo secado antes mesmo de poder jorrar.

Um filho! Um menino! Bastavam essas palavras para me dar idéias de infanticídio. Ao fim de três anos de casamento, obrigaram-me a beber infusões de ervas amargas, goles de urina, passar por cima do túmulo dos santos, usar amuletos rabiscados por fqihs[1] *de olhos queimados pelo tracoma, untar a barriga com decocções nauseabundas que me faziam botar as tripas para fora embaixo da figueira do jardim. Odiei meu corpo, deixei de lavá-lo, de depilá-lo, de perfumá-lo. Adolescente, nunca me cansava de acariciar seus frascos de cristal, tia Selma, prometendo a mim mesma aspergir-me de água de rosas e almíscar, da cabeça ao sexo, quando crescesse e ficasse do seu tamanho, como um choupo.*

E depois, trabalhar como escrava. Do nascer ao pôr do sol. E depois cozinhar. Até ter ojeriza ao cheiro e ao gosto da comida.

---

[1] Mestre em ciência religiosa, mas também santo religioso muçulmano, às vezes charlatão.

E depois se estiolar e apodrecer, prostrada, enquanto as jovens casadas iam a todas as festas, iam colher a primavera nos campos, continuavam até as primeiras dunas de areia e brincavam, na volta, nos pomares alegres.

Minha mãe, que eu ia visitar de vez em quando, enganava-se quanto à natureza de minha angústia. Ela achava que eu estava desesperada por não engravidar e lamentava a "preguiça da minha barriga". Naïma limitava-se a me dar um abraço apertado, em silêncio. Ela recendia a felicidade, insolente e apimentada.

Minha irmã desabafou um dia e disse, furiosa, com os olhos soltando faíscas:

— A culpa é dele. Você não é a primeira mulher dele nem será a última. Nem que ele deflore cem virgens vai conseguir gerar sequer um alho-poró. Então pare de se roer por dentro.

Explodi.

— Eu não quero ter filho e me recuso a ficar grávida.

— Mas então você faz de propósito?

— Não! Fico passiva, só isso.

— Você está escondendo alguma coisa. Seu marido é normal?

— O que é ser normal? Ele monta. Esporra. Apeia. Claro que ele é normal.

Naïma enfim compreendeu e balbuciou, envergonhada:

— Pois bem, se vire para ter a sua parte. O prazer também se aprende.

Dito isso, reinou por alguns segundos um silêncio constrangido. Pela primeira vez, Naïma falava francamente das coisas do sexo. Mas ela parecia ter esquecido o que fora minha noite de núpcias, os horrores da primeira vez.

Em momento algum eu tive a minha parte de prazer. Hmed, sem esperanças de ver minha barriga crescer, deixou de me to-

car. Suas irmãs logo adivinharam o acontecido e me perseguiram com seus sarcasmos e suas injúrias: "E aí, sua estéril, Hmed não quer mais comer você?", "Você deve ter a vagina furada. Não segura semente nenhuma!". Ou ainda: "Se você tem o cu tão franzido como a cara, não espanta que o seu homem fuja de você." Refugiei-me mais de uma vez em casa de minha mãe, mas ela me punha porta afora com firmeza no fim de uma semana: "Seu lugar não é mais junto de mim. Você tem uma casa e um marido. Aceite seu destino, como todas nós."

O que quer dizer "todas nós"? Que ela também foi estuprada por meu pai e tomada a contragosto? Não quero pertencer ao clã das descargas de banheiro, com o coração e o sexo mutilados, como as suas egípcias, tia Selma! Eu disse isso a Naïma e ela não protestou. Até me ajudou a fugir.

Tia Selma acendeu o quinto Kool da manhã, olhou para mim, olhos semicerrados e dedo em riste:

— Bom, você agora está livre desse velho babaca que peida na cama em vez de satisfazê-la. Que Deus perdoe os cegos que botaram você nas mãos de um incapaz desses. Ah, o que você me contou tem suas falhas. Mas não há pressa. Depois falamos sobre isso com calma. Agora, vá descansar. Ganhar forças. Esquecer.

Ela continuou logo depois:

— Mas me diga, esse malandrinho que a trouxe até aqui, você o conhece de onde?

Contei-lhe os fatos que ela interpretou sem dúvida como minha primeira "aventura" em Tânger. Apagou o cigarro num dos pés do braseiro:

— Aposto que hoje à tarde ele já vai voltar para ficar rondando por aqui! O olho do gato não poderia perder um naco apetitoso!

Eu estava com vontade de tomar banho e disse isso a ela. Ela pôs um panelão para esquentar num fogareiro a petróleo que assoviou e cuspiu antes de sua chama longa de um amarelo nauseabundo ficar azul e chegar ao vermelho incandescente. Instalou uma bacia grande na cozinha.

— Hoje, você vai tomar banho aqui, mas logo vou levá-la ao *hamman*. Você vai ver, não tem nada a ver com os banhos mouros de lá.

Nesse "lá" despontava um despeito que os anos passados não haviam conseguido esfumar. Tia Selma foi obrigada a viver, depois de tio Slimane, com uma cicatriz no coração.

Em seguida, ela me mostrou a privada, localizada num canto:

— Você vai passar dois dias com prisão de ventre, devido à mudança de lugar, mas pelo menos sabe onde se aliviar. E não ligue para a grande ratoeira armada no canto. Os ratos me deixam louca. Eles saem dos esgotos à noite, mas, que Deus os pendure pelo rabo, são loucos por queijo! Isso me permite puni-los por onde eles pecam!

Embaixo da água quente, senti leveza e plenitude pela primeira vez em muito tempo. Olhos fechados, minhas mãos se aventuraram a tocar meus ombros e meus quadris. A água escorria, rindo, para o triângulo do púbis, e o bico dos meus seios se contraíam com a leve fisgada do ar.

Tia Selma tinha razão no tocante ao meu guia. Ele não voltou uma vez, mas sim cinqüenta, caminhando pela ruela, alegre, depois cada vez mais envergonhado. Insistiu até minha tia, exasperada, o deixar entrar e se plantar, desajeitado e de chapéu atravessado, no meio do pátio todo de mármore cujas nervuras azuis eu não parava de admirar em minhas horas de devaneio.

— O que você quer de nós? — perguntou ela. — Você quis acompanhar minha sobrinha e nós já lhe agradecemos muito. Mas isso não é motivo para se plantar na frente da minha casa, na frente de todo mundo. Acha que aqui é um bordel, ou o quê?

Ele corou violentamente e descobri, perplexa, que, requinte citadino ou não, minha tia, ao falar com os homens, podia ser grosseira quando queria.

— Não, vamos falar sério! Você vai e vem, fica rondando! Banca o bonitão, e depois? Aqui é uma casa de respeito. Você, seu estivador, deve entender uma coisa: não estamos precisando de homem aqui. Muito menos de um patife!

Ele se esquivou um pouco, depois disse, direto:

— Venho pedir a mão de *bint el hassab wen nassab*...[1]

---

[1] Moça de boa família.

Ela o interrompeu, furiosa:

— *Bint el hassab wen nassab* não está para casamento! Vamos, para fora, vá andando!

— Mas eu quero me casar com ela segundo os preceitos de Deus e de Seu Profeta!

— Pois bem, eu não quero! Os pais dela mandaram-na para descansar aqui e eis que você vem comprometer a reputação dela enquanto ela não sabe onde Tânger começa nem termina!

Ele hesitou.

— Quero ouvir isso dito por ela!

— Quer ouvir o quê?

— Quero ouvi-la dizer que não me quer. E pare de gritar comigo, senão eu lhe parto a cabeça com a mão do pilão. O que a senhora pôs para secar, no canto, à sua esquerda.

Minha tia ficou sem voz. Fugi para a cozinha, dobrada em dois de tanto rir. O sujeito não se deixava impressionar pelo ar altivo de minha tia e isso me agradava. Quando voltei ao pátio, vi-os conversando solenemente, por monossílabos. Senti-me sobrando e fui me trancar no quarto em frente, o que ficara sendo meu 15 dias atrás. Para me distrair, contei os ladrilhos que corriam da cama até a entrada e tentei compará-los com os losangos marrons que saíam, estes, na diagonal.

O jantar foi curto, calado. Eu não sabia como se podia preparar um peixe para fazer com ele um ensopado de rei com algumas azeitonas e pedaços de limão cristalizado.

— É um *marguet oumelleh*, um molho cuja receita me foi dada por uma vizinha tunisiana — disse tia Selma. — Guarde o nome e sobretudo anote que essa receita tem que ser feita com garoupa para dar certo. Sabe que ele é engraçadinho, o seu moço...

Calei-me, impregnando minhas papilas gustativas de molho de peixe perfumado com alcaparras, guardando a carne tenra e branca para o bom bocado.

— Ele está apaixonado e é honesto. Pode fazê-la feliz. Mas você, tenho a impressão que o seu rabo não vai lhe dar sossego. Ah, não proteste! Você nem sequer sabe que tem rabo, essa coisa que seria capaz de tirar a terra do eixo e fazer chorar, em pé, as amendoeiras em flor. Você quer se casar de novo?

— Não.

— Não, porque não conheceu nada do homem. O seu Hmed comeu-a como o bode velho que ele é, mas não foi longe na exploração. Ainda lhe resta muita coisa para descobrir...

— O que eu vivi me fez ficar totalmente enojada dos homens.

— Eu lhe peço, fique calada dois segundos e ouça a velha que eu sou, pois "enquanto você vai com o milho, eu volto com o fubá", diz o provérbio! Quem está falando em homens? Você não conheceu o Homem. Ponto. Agora, tenho certeza que o estivador do seu Sadeq vai fazer você sentir o cheiro da pólvora. Mas ele é duro e só tem o pau e o coração para rezar para que Deus do céu lhe dê dinheiro.

Ela acendeu um bastão de incenso, um cigarro e o cheiro acre na boca:

— Se quiser um homem, um de verdade, ter filhos bonitos como as cúpulas de Sidi Abdelkader, rir a noite inteira e tratar da pele com essência de jasmim sem se preocupar com o dia de amanhã, nem se um dia vai ser rica, cheia de ouro e diamantes, você só tem que pegar o seu estivador. Agora mesmo. Enquanto for inocente e sem desejos. Sabe, ele a ama como só os virgens sabem amar.

Ela ficou andando pelo quarto, ou antes pela alcova, disposta ao comprido, durante um bom tempo antes de emendar:

— Mas se quiser outra coisa... melhor ou bem pior... Se quiser vulcões e sóis, se a terra não vale nada a seus olhos, se você se sente capaz de percorrê-la de uma passada só, se sabe engolir sapos sem reclamar, caminhar sobre as águas sem se afogar, se quer antes mil vidas do que uma, reinar sobre os mundos e não se satisfazer com nenhum, então Sadeq não é o seu caminho!

— Por que você fala assim comigo? Eu não quero nada. Você sabe. Só esquecer, e dormir.

— Você vai dormir, mas se fazer mil perguntas. Na sua idade, o sofrimento tem a duração de uma lágrima e as alegrias, como a sua alma, são eternas. Eu só lhe peço para pensar e me dizer amanhã se você quer ou não esse estivador como marido.

Dormi com os punhos cerrados, sem sonhar com ninguém, sem precisar de nada. Não disse uma palavra, mais preocupada com a sorte dos gerânios do que com a minha, cuidando para que Adão, gato tigrado e completamente selvagem, encontrasse às duas horas da manhã os bolinhos de carne que o restabelecem de seus embates amorosos nos telhados do bairro.

Tia Selma em seguida autorizou Sadeq a vir quando quisesse, quando pudesse, sentar-se no banco de madeira de oliveira plantado no meio do pátio, conversar e chorar. Chorar e conversar. Ele me disse que Tânger era cruel, que ele me acompanhara até ali, à casa daquela senhora que diziam ser livre, louca e bela a ponto de converter o demônio ao islã. Que só me queria porque eu nunca falava com ele e porque tinha olhos que não o deixavam dormir. Nem trabalhar.

Nem se embriagar dignamente de anisete com os amigos. Que ele voltava à noite para ficar rondando no cais do porto de Tânger, quando o nevoeiro levanta e os barcos apitam sua tristeza, chapéu na cabeça, com a barriga cheia de vapores e a alma partida em dois, berrando e blasfemando a plenos pulmões. "Se você me deixar", dizia ele, "vou enferrujar no cais sem que nenhuma *lalla* dê um grito de alegria sequer quando eu voltar, sem que eu possa botar um filho no mundo. Eu lhe peço, Badra, não deixe minha mãe sem filho."

Ele era filho único e sua mãe perdeu o juízo no dia em que ele se jogou embaixo de um trem de carga, depois de eu lhe dizer, distraída e cansada de um ano de choradeiras: "Vá embora, eu não amo você."

O *hamman* de núpcias

Elas me cobriram com um véu dos pés à cabeça. Atravessei as ruelas de Imchouk no meio de um enxame de virgens tagarelas e afetadas. Uma horda de primas, parentes e vizinhas acompanhava o cortejo, tocando tabla e dando os gritinhos apropriados. Era meu hamman *de núpcias.*

Quando chegamos, já havia longas fumigações subindo embaixo da cúpula do hall *de entrada. Pedra-ume e benjoim ardiam nos braseiros e, de todo canto,* bismillah[1] *estouravam como bombinhas. Minha combinação nova me apertava um pouco debaixo do braço e o ar começava a me faltar. À minha volta, as virgens incrustavam velas enormes nos parapeitos das janelas. Sua luz ondulante me dizia que tudo aquilo era irreal.*

Neggafa, enrolada num pano que não lhe escondia as banhas, não saiu do meu pé, estalando ruidosamente na boca sua goma arábica, ligeiramente obscena. Fiquei de molho, idiota e toda suada, em meio a uma multidão de mulheres que andavam meio despidas.

Em seguida, Neggafa me pôs deitada e minha pele não demorou a arder sob as idas e vindas de sua luva de crina. Ela me aspergiu com água quente, me cobriu de ghassoul[2] *e começou a*

[1] Em nome de Deus.

[2] Xampu à base de argila.

me massagear. Suas mãos me correram pelo pescoço e pelos ombros, apropriaram-se de minhas costas de cima a baixo. Levantaram meus seios ao passar, amassaram-nos rapidamente. Era mais do que agradável. Atordoante, seria preciso dizer.

O ghassoul me escorria pelo peito e me descia, marrom e perfumado, para o umbigo com um chiado de efervescência. Os bicos dos meus seios incharam, mas Neggafa não pareceu notar. Mandou então que eu me deitasse de bruços, expôs minhas nádegas. Meu púbis batia no mármore com a pressão de suas mãos indiferentes à minha confusão. Senti uma bola de fogo me cair em cascata do baixo-ventre até a entreperna e entrei em pânico. Mas Neggafa estava pensando em outra coisa. Eu era sua ave a ser depenada, sua panela de cuscuz. Ela me lustrava e me esfregava para merecer seu salário. Um balde de água fria me tirou brutalmente de um devaneio de prazer pouco confessável.

Após três banhos rituais do hamman, chegou a hora da depilação. Aí, achei que fosse morrer. Tive a pele esfolada da nuca até as nádegas, mas o ritual da hena logo me fez esquecer meus sofrimentos. Ver as virgens se aplicarem nas palmas das mãos uma bola da hena da noiva na esperança de casar o quanto antes me fez pensar nos cordeiros que correm para o abatedouro, com um rabo gordo e um balido ingênuo. Mas eu também era um cordeiro que estendia docilmente mãos e pés para Neggafa, esperando ser degolada. Minhas mãos envolvidas em algodão e metidas em luvas de cetim me pareciam cortadas. Sua santidade era tão derrisória. À noite, eu sonhava com as mãos de Neggafa e rezava para que as de Hmed tivessem pelo menos a mesma doçura. E um pouco mais de ousadia.

Aprendi a amar Tânger, metade árabe, metade européia, ardilosa e calculista, cantante e bem-pensante. Adorei os tecidos expostos nas vitrines dos bazares e nunca me cansei de ver Carmen, a espanhola, cortar, modelar e ajustar os vestidos, a boca cheia de alfinetes, as varizes nodosas e duras como cordas. A costureira de minha tia era do gênero taciturno. Às vezes, na hora do café, falava do filho, Ramiro, que tinha ido tentar a vida em Barcelona, e da filha, Olga, que se preparava para se casar com um muçulmano. Seu árabe, temperado de patoá catalão, me intrigava. Compreendi, mesmo assim, que Carmem receava ter de deixar seu país natal e morrer exilada na Catalunha. Ela não teve de sofrer esse ultraje, viveu muito tempo entre seu apartamento do bulevar, na cidade moderna, e o populoso Petit Socco, onde a filha escolhera morar. Foi seu genro muçulmano quem pagou seu enterro no canteiro cristão.

Saíamos, minha tia e eu, de *haïk*, e ela usava a *khama*[1] à moda argelina, por vaidade: "Deixe as burras tirarem o véu!", aconselhava-me. "Elas não sabem que acabarão matando seus homens ao privá-los de mistério." Na rua, os homens se

[1] Pedaço de pano que, como o *ajar*, esconde a parte de baixo do rosto.

viravam quando passávamos, louvando o Deus que fez as mulheres tão belas, o vermelho dos cravos tão ardente e o molho de manjericão com alho tão fresco de gosto como de cheiro. Cada cumprimento me deixava um sabor ácido na boca e na base das costas.

A moda era a minissaia e os estudantes usavam cabelo comprido. O velho rádio a válvula transmitia as canções de Ouarda e de Doukkali. Eu tinha loucura pelas crônicas vespertinas de Bzou que faziam o país inteiro rir, até o mais afastado dos seus lugarejos. Imchouk também, com certeza. Tia Selma anunciou-me um dia o quarto casamento de Hmed. Ele, portanto, havia me repudiado.

— Não se alegre antes da hora — preveniu-me ela. — Ali, seu irmão, está furioso. Jurou lavar a honra da família arrastando a sua pelas ruas de Tânger.

— Porque ele agora sabe o que é honra? Por que não pensou na honra da inocente que ele desvirginou na frente de Sidi Brahim!

— A honra das *oulaya* não vale um odre de betume, você bem sabe. E seria melhor levar a sério a ameaça dele.

Tentei, mas não consegui ficar com medo. Era culpa de Tânger. A cidade me inoculara um delicioso veneno e eu bebia gulosamente seu ar, sua brancura, seus minaretes de pedra de cantaria e seus toldos. Nos pátios piavam as mulheres e os estorninhos. Sua tagarelice adormecia a desconfiança dos homens. Nessa cidade, cada gesto tinha a sua elegância, cada detalhe, a sua importância. E as palavras, envoltas numa polidez açucarada, podiam se tornar cortantes como cacos de vidro. Até mesmo o escândalo aí se desloca sem fazer barulho, logo ventilado, logo abafado, seus vestígios quase audíveis e quase nunca visíveis. Tânger me subia à cabeça e eu adorava suas borbulhas.

Tia Selma vigiava minha metamorfose de canto de olho, achando graça, mas determinada a evitar que eu escorregasse e caísse. Mais tarde, compreendi que ela me entregara Sadeq de pasto para me distrair e ganhar alguns meses de trégua antes que o vulcão despertasse. Pois ela sabia que, mais dia, menos dia, eu começaria a cuspir lava, e se preparara para isso. Assim como sabia que Imchouk tem de lastro um vulcão adormecido, de reserva, afirmava-lhe Slimane, para o grande carnaval.

Não me espantei muito no dia em que a vi acolher Latifa, uma órfã da vizinhança, grávida de três meses. As solidariedades femininas se haviam organizado para esconder a jovem dos olhares inquisidores das megeras, bisbilhoteiras e fofoqueiras, e lhe oferecer um refúgio até que ela desse à luz. Sempre hei de me lembrar da moreninha que compartilhou discretamente nossa vida de mulheres, livres dentro de casa, reservadas em público, e que passava com freqüência do riso às lágrimas de uma hora para outra. Ela ajudava nas tarefas domésticas e passava as tardes bordando quilômetros de seda e de linho, recebendo, reconhecida, o dinheiro da venda dos tecidos das mãos de tia Selma, maternal e amiga. Deu à luz uma noite de dezembro, ajudada pela parteira do bairro avisada desde a tarde das primeiras dores. O bebê foi recebido com um grito de alegria discreto que deve ter dado prazer às lajes frias do pátio e ao limoeiro adormecido. Lavado, untado e perfumado, ele dormiu três noites inteiras aconchegado ao seio da mãe antes que um casal *riffi*[2] de primos estéreis o adotasse, e ele depois se tornasse um dos principais banqueiros da cidade. Tânger não viu nada e Latifa pôde se casar de novo com um modesto garçom de café. Tia Selma

[2] Natural do Rif.

deu um jeito para que a jovem sangrasse copiosamente na noite de núpcias e não parou de bendizer o Deus que fez os homens cegos para que as mulheres pudessem sobreviver às suas crueldades.

Meu irmão Ali

Souad não teve a sorte de Latifa. E meu irmão Ali não passa de um burro de calças. Mimado, estragado, nunca estudou e só vivia desfilando embaixo da janela dos notáveis, na esperança de chamar a atenção de uma perua rica que seria seduzida por seu cabelo gomalinado e seus peitorais definidos. Souad, a filha do diretor da escola, caiu na cilada, de cabeça, e cedeu a ele no mausoléu de Sidi Brahim, no dia da festa anual do santo homem. A família só soube do ocorrido um ano depois. Eu acabava de abandonar os estudos e Hmed se preparava para pedir a minha mão.

Um dia, Ali veio encontrar minha mãe atrás do tear. Ela deu um pulo, como se picada por uma cobra. Esgazeada, começou a esfolar metodicamente as faces, das têmporas até o queixo. Chorou muito tempo, baixinho. Suas lágrimas eram a garoa de uma tragédia sem nome.

Um mês depois, a filha do diretor entrava em nossa casa. Tinha a idade do meu irmão: 16 anos. Estava grávida. Foi necessário engolir a faca do escândalo, maculada de sangue, e casá-los o quanto antes.

Foi tudo feito às pressas, e isso tomou a feição de uma derrota retumbante. Quando anoiteceu, alguém jogou as coisas da adolescente na frente da nossa porta antes de sumir na noite. Souad apresentou-se ao clã com três lençóis, duas fronhas e meia caixa de louça de dote. Minha mãe ficou com raiva dela para o resto da vida. "Impuseram-na a mim, isso eu não lhe perdôo", repetia ela às filhas e vizinhas, esquecendo que o sujeito indeterminado se chamava Ali, seu filho, e que Souad era só uma menina.

Souad compreendeu sua infelicidade desde a primeira noite passada sob o nosso teto. Parou de sorrir, depois de falar. Em silêncio, ajudava minha mãe a arrumar a casa e a alimentar a família. Víamos por suas mãos brancas e suas costas prematuramente curvas que ela estava mais habituada a ser servida do que a servir. Ali e ela se cruzavam sem se ver, sem se falar. Ela botava o prato para ele, colocava um guardanapo e uma jarra de água na mesa baixa, e se retirava para o pátio ou para a cozinha. Dormia num cubículo, pobre pestilenta coberta de escarros e cercada de ódio.

Sua barriga crescia e Souad ficava concentrada no próprio umbigo, o olhar abobalhado. Deu à luz um menino, Mahmoud, teve febres e hemorragias, e preferiu morrer ao cabo de quarenta dias.

Ali nunca mais se atreveu a pegar o filho nos braços nem beijá-lo. Apesar dos esponsais apressados e da certidão de casamento devidamente selada halal,[1] *seu filho continuava sendo um bastardo, concebido fora das bênçãos da tribo.*

Passado o luto, minha mãe impôs a Ali uma das primas como esposa:

— Só uma mulher do seu sangue poderá apagar sua vergonha e esquecer seus erros passados — decretou, curta, hierática e visivelmente feliz de se ter livrado da intrusa.

Não, ela não tinha raiva de Ali.

[1] Lícito.

Ele obedeceu, apaixonado pela mãe e cumpridor de seus mínimos desejos, os mais generosos como os mais sórdidos. Depois, foi ficando fisicamente parecido com meu pai, taciturno e apagado, humilde e satisfeito. Entrou para a oficina da família, ajudou seu irmão mais velho a tirá-la de uma situação difícil, usou solidéu de lã e qamis *cinza. Sua barba cresceu e seus músculos se atrofiaram. Ele tornou a virar pó.*

Como a mãe, Mahmoud nunca conseguiu ser aceito pela tribo paterna e fugiu de casa aos 12 anos. Dizem que se instalou do outro lado da fronteira, em Málaga.

Embora nada me faltasse, eu sentia que o dinheiro escasseava e me perguntava como tia Selma chegava a fechar suas semanas no azul. Ela era uma bordadeira ímpar, mas sua clientela diminuía nesse fim dos anos 60, e os enxovais das moças agora era constituído de peças modernas, importadas da Europa ou compradas prontas, nas butiques da moda. Se tia Selma nunca reclamou de arcar com a minha pessoa, eu me sentia constrangida por não poder contribuir para as despesas da casa. Ela adivinhou e me disse isso certa manhã, quando descascávamos os legumes para a refeição da noite: "Deus provê às necessidades dos pássaros e dos vermes que vivem no seio da rocha! O que dizer dos humanos que blasfemam contra ele o dia inteiro? Parece que é a crise. Eu acho que é preciso fazer como nossos irmãos argelinos. Coletivizar tudo! Sim, ouvi isso no rádio. Houari Boumediene desapropriou terras e gado para redistribuí-los equitativamente. Se as pessoas não querem dividir, é preciso pendurá-las pela língua que nunca diz suficientemente *al hamdou lillah!*."[1]

Logo descobri que minha tia, para quem mais uma contradição não queria dizer nada, não se contentava apenas em

[1] Louvor a Deus.

ser convidada para as festas dos burgueses *tanjaouis*.[2] Ela também preparava os cardápios determinados pelas donas de casa, dirigia a equipe de criadas, supervisionava as panelas de *hrira*[3] e as bandejas de *tajines*, também cuidava para que os *machroubat*[4] fossem bem dosados. Habituou-se a me levar como ajudante de cozinha, recomendando que eu abrisse os olhos, que aprendesse a viver e me comportar em sociedade. Pois uma vez preparadas as comidas, mudávamos de roupa, ela e eu, e nos misturávamos à boa sociedade, as pessoas apreciando o humor corrosivo de tia Selma e seu jeito atrevido de falar ridicularizando as mulheres pretensiosas. Todo mundo sabia que ela vinha de uma família burguesa, arruinada por rixas de herdeiros e pela rivalidade das cunhadas. Ela era um deles, embora ligeiramente desclassificada.

Não, eu nunca me senti à vontade nessas festas. Escolhia sempre um canto e ficava ali dura, os nervos à flor da pele, tentando fazer com que me esquecessem, tímida demais para falar, orgulhosa demais para comer em casa de desconhecidos. Eu observava tia Selma circulando entre os convidados, cumprimentando um, dizendo um segredo no ouvido de outro, a mão levantando elegantemente a bainha de seu caftã ricamente bordado, um sorriso radioso nos lábios. Sua estada em Imchouk não lhe havia estragado os dentes nem os modos. Ela só trouxera de lá, infelizmente, o "Pff" zangado de Bornia, não tendo tido coragem de depenar o marido para se precaver das vicissitudes da velhice.

---

[2] Tangitanos.

[3] Sopa à base de carne, lentilhas e ervilhas.

[4] Refrigerantes.

Tio Slimane e tia Selma

O segundo grande escândalo da família aconteceu, este, via tio Slimane. Casado com duas mulheres, ele era objeto de uma paixão dupla e ardente que unia suas duas esposas em vez de colocá-las uma contra a outra. No entanto, ele não era nem bonito nem poderoso, e sua joalheria lhe permitia apenas viver à vontade sem ser abusivamente rico. Ele era atarracado, com uma cabeça pequena e um nariz desproporcional, e cabelos tão duros que tia Selma às vezes lhe pedia de brincadeira que lhe emprestasse um tufo para arear as panelas. Mas tio Slimane abrigava um membro impressionante em seu sarouel* *e as mulheres discutiam-no entre si, com os olhos brilhando e um sorriso de lado. Tia Selma não se privava do prazer de gabar as qualidades de amante ímpar do esposo, descrevendo seus embates com detalhes para Bornia, a boba da aldeia, que os reportava, edulcorados, às frustradas de Imchouk em troca de meio quilo de carne ou de uma medida de farinha. "Ele acaricia o corpo dela todo. Lambe o sexo dela, enfiando a língua ali e brincando bastante com o grelo antes de enfiar a pica. Selma é comida todas as noites, da oração do entardecer até à do amanhecer. Isso é que homem! Não é feito essas lesmas que*

* Tipo de calça bufante de gancho baixo. (N. da T.)

vocês enchem de cuscuz de cordeiro e de leitelho coroado de manteiga fresca. Pff!"

Enquanto Selma se julgou proprietária exclusiva do membro do marido, não sendo sua co-esposa Taos muito chegada à "coisa" — afirmava-se —, tudo ia muito bem em sua vida. Mas no dia em que soube que tio Slimane freqüentava as hajjalat, *virou uma tigresa furiosa. Declarada a guerra, Taos tomou o partido dela: "Nunca mais em nossas camas!", decretaram as duas, furiosas e aliadas convictas. Minha mãe não sabia o que dizer, dividida entre a vontade de rir e o temor de que essa greve circulasse pela cidade e fosse motivo de chacota para os meeiros à noite em suas choças, na hora em que eles cavalgavam suas mulheres. Tia Selma não tinha coragem de rir.*

Quanto à vila, tomou o partido das esposas legítimas de Slimane contra as putas de Imchouk, Farha e suas duas filhas. Só os adultos sabiam que o raio caíra por culpa de uma pica vagabunda. As mulheres faziam cara triste para seus homens e um vento hostil se levantava, bloqueando a estrada das entrepernas depiladas às pirocas chorosas.

Selma e Taos mantiveram a palavra. Tio Slimane bateu em duas portas fechadas em vez de uma e resignou-se a dormir no pátio. Seu calvário durou uma semana. Ele ficou furioso, ameaçou as grevistas de duplo repúdio e acabou cedendo, choramingando seu arrependimento e jurando sobre o túmulo do pai nunca mais fazer aquilo.

Mas o mal estava feito, e tia Selma, ferida. "Não foi na esposa que Slimane pôs chifres, mas sim na amante, a mulher que o ama e deixou tudo por ele", disse ela a Bornia quando esta veio cardar a lã alguns dias após a tosa. A simplória retrucou-lhe, sardônica e escandalosamente familiar: "Diga antes que o seu rabo é que chora por ele!" Irritada, tia Selma atirou-lhe uma concha na cabeça que lhe fez um corte profun-

do na asa do nariz. Bornia saiu gemendo, mandando-lhe uma banana.

Selma começou a falar novamente de Tânger, de sua vida confortável, de seus bazares, de suas roupas, chamou Imchouk de esgoto de ratos e aumentou a quantidade de sal em seus ensopados, sonegando a Slimane seus talentos de cozinheira após ter sonegado os de amante. Um dia, vestiu seu haïk, *atravessou o pátio de salto agulha e bateu a porta sem se dignar a olhar para Slimane, que chorava, encolhido embaixo do pé de romã. Na véspera, ela despira o peito e confessara à minha mãe, meio teatral mas realmente digna: "Foi aqui que ele me feriu! É aqui que estou sangrando!" Julguei ter visto um trigal em fogo em pleno mês de maio.*

Não foi tia Selma quem me apresentou a Driss, mas um compositor cujo nome descobri mais tarde, Rimski-Korsakov. Aquele que se tornaria meu senhor e meu carrasco era um brilhante cardiologista de seus trinta e poucos anos, recém-chegado de Paris, requintado e inquieto. Eu nunca teria reparado nele se uma libertina ingênua chamada Aïcha não se tivesse sentado ao piano, durante uma festa que houve em casa de uma família rica do Marshan,[1] e tocado *Scherazade*, de cor, segundo ela. Eu nunca havia visto ninguém tocar piano — uma caixona que ocupava um quarto da sala — e conhecia ainda menos os nomes das sinfonias. Mas estava decidido que eu iria fazer meu aprendizado artístico naquelas rodas com pretensões à cultura, de preferência francesa.

Afundado em seu sofá, rodeado por suas damas meio aristocratas, meio cortesãs, Driss destilava piadas ousadas que as faziam prender o riso, como se chocadas. Outros dândis fumavam em pé, uns com uma rosa, outros com um cravo na lapela, bigodes afinados e revirados à otomana, o traseiro empinado. Alguns tinham a cintura grossa, os dedos gordos e peludos. Muitos fumavam charuto.

---

[1] Bairro de Tânger.

Entre duas rodadas de doces finos, tia Selma, que fazia circularem as bandejas, tinha olhares ou carícias discretas para um ou outro dos convidados. Cada vez que passava por mim, roçando-me com seu caftã cor de borra de vinho, ela me dizia que fulano era herdeiro de propriedades imensas no Rif, sicrano era descendente de uma família importante do Makhzen.

Nenhum era andaluz nem chorfa,[2] nem tangitano de raiz. Numa dessas suas passagens, dei um gemido de impaciência. Isso a fez rir: "Abra os olhos e os ouvidos", segredou-me ela, carinhosa. "Assim você não morre burra. E quem sabe, talvez eu logo a case com um desses baús cheios da grana", acrescentou ela, severa e séria. Eu não me sentia segura com minha saia de babados nem com meus sapatos. A maioria das mulheres havia trocado chinelos e traje tradicional por escarpins e vestidos justos em cima e evasês embaixo, cujo tecido me parecia rico e ao mesmo tempo áspero. Todas rebolavam. Eu me sentia meio pateta, muito caipira e tinha raiva de mim mesma. Constrangida, suava do alto das costas até os fundilhos da minha calcinha comportada.

Driss forçou minha porta durante uma dessas festas. Eu estava na cozinha comendo uma romã e me abanando, enxugando o pescoço e o peito com um guardanapo, quando ele irrompeu ali. Fez uma pausa e murmurou: "Meu Deus, que jóia!", quando me viu paralisada como um coelho sob os faróis do seu olhar.

— Desculpe! Vim procurar gelo. Não quis assustar você.

— Mas...

Abriu a geladeira, tirou uma bandeja do congelador e começou a soltar os cubos de gelo:

— Sabe onde a dona da casa guarda os recipientes?

---

[2] Descendentes do Profeta considerados nobres.

— Não... sou de fora!

Ele se virou, soltando uma gargalhada.

— Eu também sou de fora. Você tem nome, espero?

— Badra.

— Ah, a lua! Ela provoca alucinações e enxaquecas!

Postou-se na minha frente, segurando a tigela de porcelana cheia de cubos de gelo:

— Minha mãe me proibia de dormir exposto à lua cheia. Como eu adorava desobedecer-lhe, ela era obrigada, uma vez por mês, a me cobrir o crânio com um purê de abobrinhas e recolher o meu vômito numa cuba, ao pé da cama. Era um remédio só dela. Em todo caso, é bonito fazer alguém sofrer tão pontualmente!

Ninguém antes de Driss me dissera uma tal enormidade sobre as queridas mamães.

Ele avançou para mim, eu me colei à parede, apavorada.

— Estou assustando você? Com o nome que tem, sou eu quem deveria fugir!

Ele partiu em direção ao enorme salão, iluminado por lustres pesados como o pecado, majestosos como os de Versalhes que eu mais tarde veria, sem Driss, andando dois passos na frente do meu amante da vez, Malik, dez anos mais jovem que eu.

Tia Selma me achou cinco minutos depois no mesmo lugar, na cozinha, petrificada e lívida.

— Mas o que aconteceu com você? Parece que viu Azraël, o Anjo da morte!

— Não, não é nada. Está muito quente aqui!

— Pois então vá dar uma volta no *riad*.[3] Você que adora flores e perfumes vai ficar realizada.

---

[3] Jardim.

Fiquei. Nunca na vida eu vira um tal luxo de plantas, uma tal orgia de flores. Todos os odores eram exalados, ricos e solitários, fraternalmente unidos a outros cujo nome e a textura exata eu não conseguia identificar. Eram plantas de cidade como não existiam no campo, destinadas a agradar aos olhos enquanto as da minha terra só tinham valor pelo uso que delas podíamos fazer, pastando-as às vezes nos campos como as ovelhas. Extasiei-me diante de uma sebe onde rosas brancas pareciam prestes a pegar fogo, debruçadas sobre um canteiro de hortelã silvestre e sálvia. Eu disse a mim mesma que o jardineiro devia ser bem louco para ter aliado tantos contrastes.

Naturalmente, foi lá que Driss me descobriu. Foi lá que ele tomou minhas mãos geladas nas suas. Foi lá que me beijou a ponta dos dedos. Eu tremia sob o sereno da hora tardia, olhos arregalados e cabeça febril, quando ele virava minhas mãos para beijar-lhes a palma, em silêncio. Pela primeira vez na vida, eu segurava uma fortuna nas mãos: a cabeça de um homem. Ele não dizia nada e seus lábios eram a um só tempo ternos, quentes e leves. Sem uma gota de lubricidade. Tudo estava perfeito: o céu lá em cima, o silêncio imenso como um útero protetor, a respiração presa da noite. Por que ele fizera isso comigo?

Naturalmente, me deu vontade de chorar. Naturalmente, proibi-me de fazê-lo.

Ele levantou a cabeça, conservou meus dedos trinta segundos, depois foi-se embora com aquele terno branco, os passos rangendo no cascalho de uma aléia do tamanho da minha vida, que estava apenas começando. Quando ele cruzou o umbral da grande porta de vidro do salão, eu comecei a envelhecer. Inexoravelmente.

Fiquei muito tempo no jardim. Sozinha. Sem corpo. Sem marido. Sem filhos. Ouvi Rimski-Korsakov retomar sua partitura, soturna e açucarada, sob os dedos de Driss. Foi tia Selma quem me contou depois, quando voltamos para casa e nos vimos sozinhas como duas viúvas. Enfim, eu é que tinha essa impressão. Ela se apressou a despachar minhas perguntas dizendo que não dormir fazia mal à pele.

Driss me ensinou, muito tempo depois, a existência de Rimski-Korsakov e pôs um nome nas notas que Tânger me revelara, distraída, entre duas portas. Eu acabava de encontrar o homem que iria partir meu céu em dois e me dar de presente o meu próprio corpo como um gomo de laranja. Aquele que havia me "visitado" em criança, Driss, estava de volta. Driss havia reencarnado.

A infância de Badra

Conheci-o quando era pequena, perto da ponte sobre o rio Harrath, numa noite quieta e sem estrelas. Eu mal começara a atravessá-la quando a mão de alguém me agarrou o ombro. A escuridão era densa e o rio exalava seus vapores, corrente de água quente numa paisagem mineral e gelada. Até mesmo as pedras pareciam ter parado de respirar. Eu disse a mim mesma: "Pronto. Finalmente você vai ver o grande Efrit de pés fendidos. Ele vai beber sua alma e jogá-la no rio. Sua mãe não gritará mais o seu nome e nunca mais verá seu corpo." Mas a mão me soltou o ombro, acariciou-me a garganta antes de me apertar delicadamente os seios. Minhas "favas", como chamam em Imchouk os seios incipientes, não devem tê-la satisfeito, pois ela me apalpou um pouco as nádegas antes de puxar o elástico de minha calcinha de garota. Em seguida, colou-se sobre o meu sexo, glabro e fechado.*

Dedos febris passearam no sulco do meio e seu toque era mais amistoso do que outra coisa. Fechei os olhos, consciente e aquiescente. Um dedo se destacou e se aventurou num ponto desconhecido. Senti um ligeiro ardor, mas, em vez de fechar as pernas, eu as abri. Julguei ter ouvido o rio suspirar depois estourar na gargalhada.

---

* Espécie de gênio que gostava de assumir as formas mais diversas para fazer mal ao homem. (N. da T.)

A mão em seguida se retirou e eu desabei na relva vitrificada. O céu voltou a cintilar e as rãs retomaram seu concerto. Um segundo coração me havia nascido entre as pernas e batia, depois de cem anos de estupor.

— Você sustenta, então, que eu apareci para você naquela noite em Imchouk, perto do rio, que despertei o seu jardim secreto em dois tempos e três carícias? — concluiu Driss, a cabeça pousada em meu umbigo, as mãos passeando pelas minhas coxas, um século depois da Anunciação. — Afinal de contas, por que não? Cada um recebe, mais dia menos dia, um sinal que lhe dá informações sobre o seu destino. Mas será que eu sou mesmo o seu, meu damasco delicado? Ibliss, o mentiroso, adora embaralhar as pistas e disfarçar as verdades.

É engraçado Driss ter falado naquele dia de Satã ao comentar minha confidência. Mesmo sabendo que ele estava me provocando, um ligeiro mal-estar me fez desanimar um pouco. Eu vivera um instante de luz. E se o mensageiro de minha infância não fosse um anjo, certamente também não era um demônio. Ou então, não era nem um nem outro, mas apenas um homem. O meu.

Havia alguns meses, um dique se rompera em minha cabeça e minha raiva inchava qual uma onda de maré. Eu tinha raiva de Imchouk, que havia associado meu sexo ao mal, me proibido de correr, de trepar nas árvores ou de me sentar de pernas abertas. Tinha raiva dessas mães que vigiam as filhas, controlam-lhes os passos, apalpam-lhes a barriga e espreitam o barulho que elas fazem quando mijam para ter certeza de que têm o hímen intacto. Tinha raiva da minha mãe, que quase me blindara o sexo e me casara com Hmed. Tinha raiva dos corvos, dos sapos e dos cães comedores de carniça. Tinha raiva de mim mesma por ter largado os estudos por um marido e não ter dito nada quando Neggafa me enfiou um dedo na boceta, para se certificar de que eu era uma verdadeira idiota que aceitava morrer cedo demais.

Depois, pronto. Eu dizia a mim mesma que eu não era uma barata. Que queria fechar os olhos, adormecer, morrer e ressuscitar com tambores e trombetas, ter Driss nos braços. Desde a Anunciação que me fora feita à beira do rio, eu sabia o que queria: olhar o sol sem piscar, mesmo se isso significasse perder a visão. Eu tinha o sol entre as pernas. Como pude me esquecer disso?

A amêndoa de Badra

De volta a casa, meti a cabeça embaixo das cobertas, puxei a calcinha e olhei o pequeno triângulo, liso e redondo, que recebera a homenagem de alguma mão desconhecida, mas que eu sabia ser amorosa. Refiz seu percurso com um dedo indicador sonhador. Olhos fechados e narinas palpitantes, jurei ter um dia o sexo mais belo do mundo e impor sua lei aos homens e aos astros, sem dó nem descanso. Simplesmente, eu não sabia com o que se pareceria tal objeto uma vez chegado à maturidade. De repente, tive medo de que uma das mulheres de Imchouk tivesse um tão belo, capaz de rivalizar com o meu e reduzir meus juramentos a cinzas. Eu queria ter certeza de que, em matéria de sexo, o mundo só teria o meu para adorar.

Decidi vigiar as mulheres, espreitar uma aparição de sua jóia íntima para saber que modelo poderia concorrer com o meu em beleza e poder. Não me foi fácil encontrar. Minha mãe e minha irmã nunca se despiam na minha frente. E, embora me acontecesse de encontrar vestígios de caramelo no chão ou na pia, nunca flagrei mamãe se depilando. No hamman, *as mulheres se envolvem num pano largo ou conservam o* sarouel *e, quando se preparam para se enxaguar, escondem-se atrás de uma porta e só saem cobertas com suas toalhas, vestidas e lustrosas como estátuas. As mulheres nunca se desnudam diante das meninas, temendo arrebatar-lhes definitivamente a inocência do olhar e comprometer-lhes o destino de futuras esposas.*

O verão me permitiu satisfazer algumas de minhas curiosidades. As camponesas haviam invadido os pátios e os terraços, ajudando os ricos a estocar cuscuz, pimentas, tomates, alcaravia e coentro, prevendo o inverno. A essa mão-de-obra trabalhadora e dócil misturavam-se as mulheres nômades, de olhos penetrantes e dialeto áspero, leitoras de borra de café e vendedoras de amuletos. As mendigas se limitavam a bater à porta e esticar a mão, na certeza de receber uma medida de trigo ou um quarto de carneiro seco.

Eu passava a melhor parte de minhas tardes em casa de tia Selma e sua co-esposa Taos, na margem oeste da vila. As chamas do forno de pão crepitavam o dia inteiro. Pimentões, espigas de milho e benjoim grelhavam na brasa. A abundância tranqüilizava os corações e lhes dava vontade de oferecer sua riqueza com generosidade.

A casa era de dois andares, cada qual constituído de quatro cômodos. Selma passava de um ao outro sob o olhar doce e complacente de Taos. Não era segredo algum que esta era tão ligada à tangitana quanto a Slimane. Fora ela quem tinha ido pela primeira vez na vida à cidade pedir a mão da rival para o marido. "Você é louca!", exclamaram suas parentes e vizinhas. "Ela é mais moça que você, e é uma citadina. Você vai botar dentro de casa uma víbora que irá mordê-la na certa." "Sei o que convém à minha casa", limitou-se a responder Taos. Foi assim que, contrariando todos os costumes, o pai de Selma não tratou com os irmãos e tios de Slimane, mas sim com Taos, que formulou o pedido de casamento, plantada atrás de uma cortina em respeito às conveniências.

Uma vez por semana, as espanholas batiam à porta das duas esposas cúmplices com o frufru severo de suas saias pretas de folhos e o estalar de suas cestas de vime, cheias de sedas e miudezas em prata e renda. As camponesas chegavam atrás delas, cabeça nua e pés descalços, curiosas e bisbilhoteiras. Ao contrário das mulheres ricas, elas eram autorizadas a andar sem véu sem incorrer em transgressão alguma.

Ver o pátio cheio de gente, as mulheres rindo entre si e as operárias ocupadas com os grandes trabalhos do verão é um momento de pura felicidade. Eu não esquecia o meu juramento de tudo examinar para saber mais. Mas as cardadoras de lã conservavam obstinadamente as pernas cruzadas. As lavadeiras de colchas com os vestidos arregaçados só descobriam as panturrilhas, e aquelas ocupadas em encher os colchões levantavam umas cadeiras pesadas mas ciosamente preservadas dos olhares indiscretos.

Só as camponesas que enrolavam os grãos de cuscuz podiam me ajudar a explorar seu segredo, pois sentavam-se com as pernas bem abertas em volta de imensas bacias de madeira nas quais misturavam a água com a sêmola. Eu fingia observar o movimento das mãos e das peneiras, mas concentrava a atenção em Bornia, a boba da aldeia. Sua corpulência a obrigava a se mexer sem parar, arranhando o chão com as nádegas e suando em bicas. A camponesa, conhecida por seu linguajar cru e seus gestos obscenos, levantava de dois em dois minutos os panos de sua mélia *e abanava-se com eles. Eu espreitava a revelação. Ela não veio. E Bornia me lançou, má como a peste: "Por que está me olhando assim? Anda, cai fora, vai brincar em outro canto. Senão, vou lhe mostrar o inferno."*

Bornia não sabia exatamente o que eu queria. Ver seu sexo adulto para poder comparar. Saí correndo na mesma hora.

Como era proibido às meninas assistir às conversas das mulheres, aprendi a me confundir com os objetos e a me fazer esquecer. Eu via os compadres de tia Selma e as criadas cochicharem e depois caírem na gargalhada, debruçarem-se umas por cima das outras, apalparem-se os seios ou a barriga, compararem suas jóias e suas tatuagens. Bornia às vezes estava inspirada. Levantava-se e esboçava alguns requebros que levavam a assembléia à histeria. Às vezes a mulher de Aziz, o pastor, revezava com ela. Armada com uma cenoura, enfiava a imponente raiz no meio das pernas e esboçava uma dança lasciva, agitando a cenoura para cima e para baixo e de um lado para o outro, com rebolados francamente lúbricos. Mães e esposas riam, batiam as mãos nas coxas ou no peito, cobriam a boca ou os olhos, escandalizadas.

— Pare! Você vai acabar acreditando nisso, se continuar — gritava uma vizinha.

— Deixa a mulher! — protestava outra. — Aziz deve ter uma toda murcha. Ela se compensa com o que aparece à mão!

A dançarina respondia, esbaforida:

— Não é uma cenoura que ele tem, o herege, mas sim um cabo de machado. Quando me penetra, tenho a impressão de estar sendo fodida pelo chifre do touro.

— Que touro?

— O que leva a terra na cabeça para que ela não desabe em cima de vocês, pecadoras!

A platéia ria às gargalhadas.

— E você, Farida? — perguntava tia Selma.

A filha do imã respondia:

— Em repouso, ele é gordo e lustroso como uma meia-lua. Quando fica duro, é a espada de um guerreiro do islã. Eu só resisto para excitar mais as suas investidas.

— Ele diz coisas no seu ouvido?

— Não, ele relincha como o burro de Chouikh! Às vezes acho que endoidou de tanto que arfa na chegada!

— Não! — pontuava Selma, brincalhona. — É o seu tesouro que o enlouquece.

— A propósito — continuava a filha do imã —, você, a citadina, precisa nos dar a receita. Como vocês fazem na cidade para conservar a brancura de marfim das suas pererecas?

— Não tem nada mais simples, mas eu não vou contar para você. Só uma louca revela seus sortilégios a outra mulher.

— Me diga ao menos o que devo fazer para encolher a vagina. Kaddour diz que não sente nada quando me come, tão grande é o vestíbulo e tão difícil de atingir é o fundo.

— Vocês não hão de saber nada disso, bando de mulheres no cio! Só divido meus segredos com minha querida comadre Taos!

Franzindo os olhos com um sorriso malicioso, Taos respondia:

— Façam como ela! Vão mais vezes ao hamman*! O segredo dela é água. A água dá a ela essa tez de pêssego e essa pele de* rumia*!*[1]

— É verdade — disse tia Selma. — A água é o primeiro perfume da mulher e seu melhor creme de beleza. Depois, e para responder a vocês, suas pérfidas, é preciso cuidar para conservar o sexo fresco e liso. Façam sua toalete com um pano embebido com lavanda e perfumem os arredores de almíscar ou âmbar. Nada deve desencorajar o homem de vocês. Nem o cheiro nem o toque. Ele precisa ter vontade de enfiar os dentes ali antes de meter outra coisa.

— Se nem olhar para ela ele já olhou — queixava-se a mulher do sapateiro. — Quem dirá morder ou beijar!

— Felizmente — sussurrava a filha do imã. — Ele acabaria cego se fizesse isso!

— Cego é quem tem nas mãos a graça de Deus sem saber lhe render homenagem — cortava tia Selma.

---

[1] Feminino de *rumi.*

Dessas tardes quentes e perfumadas guardo a lembrança do riso das mulheres reclusas e a nostalgia das colheitas. Também sinto saudades das novidades e das fofocas. Quem é a última repudiada da vila? O que é feito dos dois epiléticos? Quem tem hoje o maior pau e quem foi corneado pelo seu pastor? Ainda se trocam receitas para vencer a transpiração, curar o mau hálito, os fluxos muito abundantes, as vaginas muito secas ou muito úmidas, os pêlos do púbis que encravam e inflamam? Teria Imchouk vendido seus segredos na bacia das almas aos médicos e charlatães urbanos? Terá se resignado a fazer como as outras cidades, confiando suas pequenas misérias à vilania dos tablóides? Não sei. Não leio os jornais de Tânger. Em respeito a Driss.

Nenhum sexo feminino e adulto afinal dignou-se a se revelar à minha infância. Felizmente havia os olhos de Moha, o oleiro, para me consolar. Sentado defronte à sua loja, ele me examinava com um olhar francamente guloso, cada vez que eu passava. Não adiantava apressar o passo, respeitando as instruções que proibiam às virgens de Imchouk dirigir a palavra ao oleiro, os olhares dele grudados no meu traseiro me davam arrepios e desejos obscuros. Moha era chegado a garotinhas, em particular àquelas que, como eu, têm um sinal no queixo.

Chouikh, o vendedor de sonhos, adorava me beijar na dobra do joelho. Quando me via, largava seu balcão, onde fumegava um panelão de óleo fervente, me levantava até o teto e gritava para o primeiro passante: "Deus nos conserve essa menina quando ela crescer. Ela vai escorrer como uma fonte de mel nesse buraco cheio de espinheiros!", antes de me beijar atrás do joelho e me oferecer dois sfinges[1] *claros como o seu cabelo.*

Eu me orgulhava de ser cortejada por duas pessoas cujos olhares me atraíam como um ímã. Alguma coisa me dizia que eu os tinha na mão e deles podia fazer o que quisesse. Mas o quê? Meu poder era forçosamente ligado à minha boca, ao meu sinal,

---

[1] Sonhos.

à forma das minhas pernas e, com mais certeza ainda, a meu sexo. Para convencer-se disso, bastava ver meu pai ficar de olho no traseiro de minha mãe ou ouvir tio Slimane implorar à sua lalla *Selma que lhe desse para mascar a bola de goma que ela perfumara com sua saliva.*

Eu sabia que em meu sexo se aninhava o olho do ciclone. Mas ainda não sabia se eu era uma tempestade de areia, de neve ou de gelo. Só tinha medo de morrer sem ter explodido no céu de Imchouk.

Driss não me estuprou nem me violentou. Esperou que eu fosse a ele, apaixonada, os pés embaraçados nos cabelos, como a Jazia hilaliana,[1] virgem e nova, sem esperança, sem palavras. Esperou que eu me entregasse a ele e eu o fiz, contrariando o bom senso. Contrariando os conselhos de tia Selma, que não arredava pé, depois de ter desvendado os segredos do meu coração:

— Você é uma idiota! Driss é cheio do dinheiro e adora as corças ariscas do seu tipo. E você, você não achou nada melhor para fazer do que se apaixonar por ele! Mas você precisa se casar, sua pateta. Onde acha que está morando? Você está em Tânger, e seu pai, que Deus o tenha, era só um pobre alfaiate de djelabas.

Eu me limitei a abanar a ventarola de vime e atiçar o fogo do braseiro que presidia um *tajine* de limão cujo cheiro perfumava todos os cantos da casa. Eu não podia faltar ao respeito com tia Selma, uma senhora que teimava em cozinhar no fogo a lenha quando Tânger já falava em fogões e os trazia da Espanha, com espanto. Minha tia tinha fama de ser uma *cordon-bleu* e suas almôndegas, assim como suas peixadas,

---

[1] Heroína da gesta hilaliana célebre pelo comprimento e a opulência de seus cabelos.

deixavam Tânger inteira com água na boca. Plantada ao seu lado na cozinha escura da rue de la Vérité, eu vigiava seus gestos e suas caixas de especiarias, sonhando descobrir o segredo de suas receitas. Eu queria cozinhar como ela e fazer Tânger chorar de êxtase, como o cantor Abdelwahab me fará chorar, muito tempo depois, a céu aberto, sozinha no meio dos campos, livre e limpa de desejos. Quase em paz.

Driss fizera sua investigação. Sabia que eu havia sido casada. Não tocou nesse assunto comigo e levou seis meses para me colher. Me deu tempo para fantasiar sobre sua voz, suas mãos e seu cheiro. Deixou que eu amadurecesse com calma, durante as longas sestas granadinas.

Revimo-nos muitas vezes nas festas mundanas, sem nunca nos tocarmos, sem nunca trocar mais que um olhar ou um bom-dia neutro e distante. Ele veio jantar vinte vezes em casa de minha tia. Nem uma palavra atravessada ou um gesto deslocado. Mais tarde, compreendi que era a dança das serpentes. Nem Driss nem tia Selma se olhavam nos olhos, mas um e outro sabiam que haveria condenação à morte. Ele me queria. Ela defendia minha entrada, cobra sagrada montando guarda diante do meu corpo que coçava, mas que eu conhecia tão pouco e que ela queria vender a um preço conveniente para me garantir uma vida confortável de capitalista.

Eu a decepcionei e nunca mais ela veio socorrer minhas feridas de mulher. Sei também que me desprezou. Dei-lhe razão, muitos anos depois, quando ninguém mais sonhava em pedir perdão às próprias lágrimas.

Nessa época, eu estava longe. No amor e na denguice. Eu mordia os lábios para deixá-los mais vermelhos e cantarolava músicas egípcias para disfarçar meu nervosismo quando Driss se anunciava. Pois todas as vezes ele avisava minha tia de sua visita, por carregador. Este chegava em geral por volta de nove horas da manhã, com duas cestas cheias de legumes e frutas. Eu sempre encontrava ali um pacote de *swak*,[2] hena, casca de romãzeira e um frasco de *khol*. À tardinha, quando Driss ia embora para sua cidade e suas reuniões, farto de *tajine* e *briouette*,[3] minha tia misturava água à sua hena, cujo cheiro atordoante me dava enxaqueca. No grande pátio, ela e suas andorinhas de volta à casa pipilavam em uníssono, desligadas do mundo e saciadas não sei em que fonte. Os pássaros voltavam para seus ninhos e seus machos. Quanto à minha tia, ela se lavava, se massageava, se depilava, se gratificava com desenhos de hena, no mínimo provocantes, no alto do seio direito, por exemplo, e com perfumes secos, depois se retirava, sozinha e estranha, para seu quarto grande cheio de caixas tacheadas e espelhos sarapintados, sem me perguntar se eu estava me sentindo sozinha. Mais tarde, eu soube que minha tia tinha um amante invisível. Um djim do outro mundo. Isso me deixou perplexa e depois concedi-lhe o direito de ser livre, sem nunca querer saber mais sobre esse assunto. Eu só queria que ela fosse feliz.

---

[2] Casca de nogueira seca, utilizada para limpar os dentes e tratar as gengivas.
[3] Variedade de doce.

Driss instalou-me em seu salão, ofereceu-me morangos e mirtilos. Em seguida preparou-me um banho, carregou-me nos braços, depois me sentou toda vestida dentro da banheira cuja água era perfumada de flor de laranjeira. Chopin rodopiava entre as paredes da casa e eu entrevia através do colarinho da camisa os pêlos pretos e cerrados de Driss.

Ele me tirou os sapatos, acariciou-me os dedos e a planta dos pés. Eu estava gelada. Sua boca e seu hálito me queimaram o pescoço, percorreram minhas pernas de cima a baixo. Meus seios incharam e seus bicos forçavam o pano molhado que me colava na pele, deixando-me ainda mais nua sob seu olhar. Ele os apertou, mordeu de leve, e eles dobraram de volume sob seus dentes. Eu tremia, assustada como um passarinho tragado pelo tornado, o útero dolorido de desejo, a barriga contraída de terror. O que ele faria comigo? O que eu viera buscar?

Ele me despiu devagar, com delicadeza, como se solta uma amêndoa verde de sua pele tenra. Na bruma do banheiro, eu mal distinguia seus traços. Só seus olhos me penetravam, furando meu coração e minha vagina, senhores do meu destino. Eu disse a mim mesma que eu era uma puta. Mas eu sabia que não era. Ou então era como as deusas pagãs de Imchouk, livres e fatais, loucas de pedra.

Ele me ensaboou as costas e até embaixo, cobriu meu púbis de espuma. Os pêlos escondiam dos seus olhos minha intimidade, mas seus dedos logo começaram a deslizar embaixo da calcinha e abrir minhas pétalas, descobrindo meu clitóris, duro como uma ervilha, para pressioná-lo com um gesto delicado e pensativo. Gemi, tentei desvencilhar-me da calcinha, mas ele não deixou. Virou-me de bruços, abraçou-me as coxas e me fez arquear as costas. Pronto, eu disse a mim mesma. Você é o brinquedo dele. O objeto dele. Ele agora pode arrancar sua língua, rasgar seu coração ou sentá-la no trono da rainha de Sabá.

Abaixando minha calcinha, ele encostou a cara na minha bunda, abriu a racha com os dedos, passeou ali o nariz. Eu estava liquefeita. Em seguida, ele pegou um frasco numa das prateleiras, colheu dali uma gota de óleo com a qual me perfumou o ânus, massageando-o longamente, a ponto de me fazer esquecer meus temores, meus músculos relaxando à medida que o assalto de seus dedos experimentados se tornava mais ousado. Eu não sabia o que ele queria fazer comigo, mas desejava que o fizesse. Sobretudo que não parasse o enlouquecedor movimento circular que me abria para ele, minha vagina transbordando sua alegria em longos filamentos translúcidos.

Ele veio ali, colheu minha baba e com ela pincelou minha bunda antes de aí meter os dentes. Nunca uma mordida me foi tão preciosa. Ouvi minha barriga rir, chorar, depois entrar em ebulição. Implorei: "Chega... Chega", rezando para que Driss não parasse.

Driss em seguida me levou, pingando e gemendo, até a cama. Quando ele se inclinou para me deitar ali, puxei-o pelo colarinho, encostei minha boca na dele, mamando sua língua, fazendo pularem os botões de sua camisa para morder seu peito. Ele ria, luminoso, apertando meus seios com as mãos, chupando suas pontas incandescentes, um dedo passeando na orla da minha entrada encharcada. Com a paciência esgotada, dei um jeito de aspirar aquele visitador hesitante. O orgasmo me jogou contra ele, ofegante e profundamente constrangida.

Ele não me deu tempo de ganhar fôlego, guiou minhas mãos para sua braguilha e ficou me olhando desabotoá-la. Descobri, incrédula, um membro superando em força e tamanho aqueles que eu vira antes. Seu pau era moreno e maduro, a pele sedosa, e a glande, imponente. Pousei ali os lábios, improvisando uma carícia que me era até então desconhecida. Ele me deixou fazer isso, vendo-me desfalecer. Eu o tinha na boca, e apenas pela magia desse contato minha barriga era tomada por contrações. Eu não sabia que bicho se agitava ali nem por que esse pau me dava tanto prazer indo e vindo entre meus lábios, roçando no meu palato, esbarrando devagarinho em meus dentes ao passar. Driss continuava em pé, de olhos fechados, a barriga plana enchendo-me do cheiro de âmbar de seu suor e de sua pele.

Ele se retirou de minha boca, levantou minhas pernas. A cabeça bateu em minha vagina. Movi-me para ajudá-lo a entrar, mas uma ardência atroz cortou meu ímpeto. Ele voltou à carga, tentou penetrar, deu com uma estreiteza imprevista, recuou, quis forçar a passagem. Eu gemia, não mais de prazer mas sim de dor, molhada mas incapaz de engoli-lo. Ele segurou meu rosto com as mãos, lambeu-me os lábios, depois me mordeu rindo:

— Caramba, mas você é virgem!

— Não sei o que está acontecendo comigo.

— O que está acontecendo com você é o que acontece com uma mulher quando ela passa muito tempo descuidando do corpo.

Ele viu que eu sentia dor, acariciou-me as costas, contemplando-as com lambidinhas e mordidinhas, aspirou longamente os lábios do meu sexo. Em nenhum momento perdeu a rigidez, o pau me batendo orgulhosamente na barriga, na bunda e nas pernas.

Só quando ele me calçou as costas com um travesseiro, quando meteu o sexo na entrada do meu fruto, insistindo para ali se enfiar centímetro a centímetro, foi que ele pôde enfim me preencher, dilatando minhas paredes molhadas, massageando meu útero, triturando-me com longos movimentos calmos, seu suor me pingando nos seios. Ele soube me abrir, me possuir, me dilatar até me sufocar, desamassando meus pulmões e as ínfimas fibras do meu ventre. Seu esperma jorrou em longos jatos e escorreu, como a chuva, em minhas mucosas expostas, lavando-as da gangrena.

Por muito tempo, ele ficou aconchegado a mim, e só quando tateou à cata do maço de cigarros foi que vi suas lágrimas.

Ele não quis que eu me vestisse nem que eu pusesse a calcinha molhada, limitou-se a sorrir vendo-me proteger minha intimidade com a palma das mãos. Eu o sentia desconcertado, emocionado com meus pudores assim como com minha falta de jeito. Ele murmurou, olhos semicerrados: "Ah, se você se visse!" Temi que ele tivesse detestado um detalhe do meu corpo. Ele adivinhou isso, segurou meus braços atrás das costas, bebeu minha boca e meteu a cabeça no meio das minhas pernas. Esquivei-me, sensível de prazer e de dor. Minha segunda defloração tornara a menor carícia insuportável para mim.

— Não volte para casa hoje, Badra, minha gatinha ferida — pediu-me ele.

— Tia Selma não vai pregar o olho a noite inteira.

— Amanhã eu cuido dela. Enquanto isso, olhe o que tenho para você.

Ele tirou do bolso de dentro do paletó um estojo azul escuro. Ali dormiam dois diamantes. Duas gotas de água límpida. Eu lhe devolvi o estojo, aberto.

— O que está fazendo?

Fiquei calada, atormentada por muitos sentimentos contraditórios.

— Há um mês elas esperam você. Eu não sabia como oferecê-las sem ofendê-la.

Segurou minhas mãos, como havia feito na primeira noite, beijou-as de leve.

— Eu espero você há muito tempo, Badra.

Olhei para ele, morrendo de vontade de acreditar naquilo, mas desconfiando do homem depois de ter sido satisfeita pelo macho.

— Você é uma huri, sabe? Só as huris recuperam a virgindade depois da cada coito.

Respondi, com uma raiva fria e quase sarcástica:

— Você é como os outros! Quer ser o primeiro!

— Mas eu sou o primeiro! E estou pouco ligando para os outros e para o que eles querem. Eu quero você, minha amêndoa, minha borboleta!

Ele me pendurou as gotas d'água nas orelhas, acariciou o lóbulo com a ponta da língua. De repente, me dei conta de que ele estava pelado na minha frente e que seu pau não abaixara. Pior: descobri que eu ainda tinha fome e sede de seus beijos e de seu esperma.

O desejo é contagioso e Driss é cheio de truques. Abriu-me à força as pernas, alisou minhas carnes amassadas, depois me aplicou um bálsamo para aliviar minhas irritações.

Em seguida, me enfiou o membro entre os seios que comprimiu, entre sério e brincalhão.

— Cada pedaço da sua pele é um ninho de amor e um poço de êxtase — disse.

Corei, lembrando-me do poder absoluto que ele usara para explorar minhas menores dobras. Mas não consegui me sentir culpada, diminuída nem ultrajada. Entre meus seios, seu pau ia e vinha, batendo delicadamente em minha boca no final. Quando ele me inundou o peito com o seu leite, suspirei, saciada. Ele me espalhou delicadamente o licor na garganta, me pôs um dedo na boca para me fazer prová-lo. Driss era doce-salgado.

Estremeci quando ele me sussurrou no ouvido:

— Um dia, você vai ver, você vai me beber! Quando se sentir inteiramente segura.

Tive vontade de lhe responder "nunca", mas lembrei-me do prazer que ele acabava de me dar. O gosto da eternidade. O mundo de repente tinha virado carícia. O mundo tinha virado beijo. Eu era apenas um lótus flutuante.

No dia seguinte, eu não estava mais apenas apaixonada por Driss. Meu sexo também o venerava.

Felicidade? Felicidade é fazer amor por amor. É o coração quase explodindo de tanto palpitar quando um olhar único pousa em sua boca, quando uma mão deixa um pouco de seu suor atrás de seu joelho esquerdo. É a saliva do ser amado que lhe escorre na garganta, doce, transparente. É o pescoço que se alonga, desfaz seus nós e seus cansaços, vira o infinito porque uma língua o percorre em toda a sua extensão. É o lóbulo da orelha que pulsa como um quadril. São as costas que deliram e inventam sons e arrepios para dizer "eu te amo". É a perna que levanta, aquiescente, a calcinha que cai como uma folha, inútil e incômoda. É uma mão que penetra a floresta dos cabelos, desperta as raízes da cabeça e as rega, generosamente, com sua ternura. É o terror de dever se abrir e a incrível força de se oferecer, quando tudo no mundo é pretexto para chorar. Felicidade é Driss, teso pela primeira vez dentro de mim, e cujas lágrimas pingavam no meu ombro. Felicidade era ele. Era eu.

O resto eram apenas fossas comuns e descargas públicas.

A noite da defloração

A festa havia acabado e eu estava pronta para ir embora, perdendo todas as esperanças de voltar à casa paterna. Inclinei-me sobre minha mãe e, como exige a tradição, murmurei: "Me perdoe o mal que lhe fiz."

A fórmula selava a separação. Meu irmão abaixou-se para me descalçar. Colocou algum dinheiro em um dos meus sapatos, depois me levou nos braços para fora de casa. O burro do sogro de Naïma estava à minha espera para deixar-me na casa de minha nova família, a quinhentos metros dali.

— Preciso de um guri! Depressa! — gritava Chouikh, o vendedor de sonhos.

Um garotinho devia me acompanhar naquela viagem curta para dar sorte. Murmurei: "Quero meu sobrinho Mahmoud." Brandir um bastardo, que supostamente dava azar, na cara do destino para que ele me concedesse, contrito, filhos homens não deixava de ser petulante. Tive o que queria e pude estreitar o filho de Ali contra mim na frente das mulheres revoltadas.

Tio Slimane segurava as rédeas do animal e avançava, curvado, o turbouche[1] *desfeito. Uma mula conduzia outra e tia Selma estava longe.*

---

[1] Penteado masculino usado por turcos e árabes.

Minha sogra me esperava, ladeada por suas filhas solteironas. Seus gritos de alegria eram estridentes demais e as amêndoas que elas jogavam em sinal de boas-vindas pareciam pedras. Slimane me pegou pela cintura e me deixou defronte à fila de bruxas.

Neggafa e Naïma me acompanharam até o quarto nupcial. Minha irmã fez questão de me despir, contrariando Neggafa, a quem cabia a missão. Ela desabotoou meu vestido em silêncio e lhe sussurrei:

— O que vai acontecer agora?

Sem erguer os olhos, ela respondeu também baixinho:

— O que aconteceu entre meu marido e mim, no dia em que você dormiu lá em casa, em nosso quarto. Ei-la edificada.

Então ela sabia que eu sabia. Neggafa começou a desfiar suas instruções:

— Quando formos embora, agite sete vezes seu sapato na frente da porta dizendo: "Deus faça com que meu marido me ame e não olhe para outra que não eu."

Apalpou o corpete e tirou dali um sachê.

— Ponha esse pó no copo de chá que deixei na mesa. Dê um jeito de seu marido beber alguns goles.

Mas ela não pôde me dar o sachê, pois minha sogra irrompeu no quarto sem avisar, trazendo um braseiro onde queimavam grossos maços de incenso.

— Meu filho já vai chegar — anunciou. — Ande logo.

Naïma me tirou o sutiã, depois a calcinha. Eu tinha vontade de rir, tal a maneira como minha vila decente podia se tornar obscena quando tinha certeza de estar no bom direito e no bom caminho.

Antes de me entregar a Hmed, Neggafa me sussurrou no ouvido:

— Ponha a camisola embaixo da bunda para absorver o sangue. Ela é de algodão e as manchas serão bem visíveis.

Acrescentou, severa:

— Não o deixe pôr sua semente dentro de você. Você vai ficar com o sexo molhado demais e os homens não gostam disso. Deite-se na cama. Ele não vai demorar a ir ter com você.

Minha irmã se inclinou sobre mim por sua vez:

— Feche os olhos, morda os lábios e pense em outra coisa. Você não vai sentir nada.

Eu me vi de novo sozinha, o vestido de noiva caído como uma pele de carneiro no pé da cama. Plantei-me na frente do espelho do armário enorme e me olhei, totalmente nua! Minha pele brilhava à luz das velas, lisa e sem pêlos. Meus cabelos me caíam nas costas em cascata, os fragrantes desenhos da hena me correndo pelos braços. Meus seios despontavam, firmes e orgulhosos. Cobri-os com as mãos. O que eles vão sofrer e descobrir? Corriam tantas histórias sobre a noite de núpcias e seus suplícios. Tantos escândalos também.

Meu primo Saïd foi motivo de risada nas choupanas até a Argélia. O sujeito que uma vez oferecera meu sexo à curiosidade dos amiguinhos não foi capaz de enfrentar o de sua mulher e revelou-se um autêntico virgem. Quis fugir, para desespero de seus parentes e amigos.

— Mas, afinal, você é homem ou não? — exclamou um deles, exasperado.

— Calma. Eu vou chegar lá, mas não adianta me apressar!

— Você precisa que lhe implorem para comer uma mulher?

— Deixem-me respirar!

Então, do fundo do pátio, seu pai estrondeou, louco de raiva:

— Bom, ou você vai lá ou eu vou no seu lugar!

Saïd foi, mas não conseguiu desvirginar Noura, sua mulher. Sua mãe declarou que ele estava enfeitiçado. Entrou no quarto dos noivos, despiu-se e mandou o filho passar sete vezes por debaixo de suas pernas. O remédio deve ter sido eficaz, uma vez que Saïd imediatamente recobrou a virilidade e pôde deflorar Noura com sangue e gritos.

Eu estremecia. Entrei na cama e puxei as cobertas para cima do corpo, nua e abandonada por todos.

Tornando a abrir os olhos, vi Hmed em pé na minha frente. Era o nosso terceiro encontro, após o do noivado e o do Aïd, quando ele viera trazer o presente do moussem.[2] *Não sei se de cansaço ou de emoção, mas ele me pareceu mais velho do que eu me lembrava. Sentou-se na beira da cama, olhou-me, depois me passou uma mão tímida na garganta e nos seios. Murmurou: "Eis uma mulher apetitosa!"*

Tirou os sapatos, estendeu um tapete no chão e prosternou-se duas vezes. Depois veio ter comigo na cama.

Só consegui ver seu torso e seus braços cobertos de pêlos brancos. Ele me meteu uma almofada embaixo dos rins e me puxou com brutalidade contra seu corpo. Tinha a beiçola caída, úmida. Minha camisola estava embolada debaixo da bunda e a de Hmed subia-lhe pelo peito. Ele me abriu as pernas e seu membro veio bater no meu sexo. Bornia ria nos campos e seus cacos de dente assustavam as cenouras. O sexo que me tateava entre as pernas era cego e burro. Ele me machucava e eu me contraía um pouco a cada um de seus movimentos. A platéia batia na porta, pedindo minha camisola de virgem. Tentei me desvencilhar, mas Hmed me prendeu embaixo do seu peso e, segurando o sexo, tentou enfiá-lo. Sem sucesso. Suando e bufando, deitou-me na pele de carneiro, levantou minhas pernas quase me desconjuntando e recomeçou os assaltos. Eu tinha os lábios em sangue e o baixo-ventre em fogo. De repente, me perguntei quem era aquele homem.

---

[2] Significa originalmente estação do ano, mas designa corriqueiramente o presente oferecido à noiva por ocasião do Aïd ou da festa em homenagem a um santo.

O que fazia ali, arfando em cima de mim, estragando o meu penteado e murchando com seu hálito pútrido os arabescos da minha hena?

Finalmente, ele me largou, levantou-se de um pulo. Uma toalha enrolada na cintura, abriu a porta e chamou a mãe. Esta imediatamente apareceu na porta, Naïma atrás dela.

— Ah! — exclamou minha irmã.

Não sei o que ela viu, mas o espetáculo não devia ser bonito. Minha sogra espumava de raiva, tendo compreendido que a noite de núpcias se tornava um fiasco.

Abriu-me as pernas com autoridade e disse:

— Ela está intacta! Bem, não há escolha! Vai ser preciso amarrá-la!

— Eu lhe imploro, não faça isso! Espere! Acho que ela é mtaqfa.[3] *Minha mãe a "blindou" quando ela era pequena e esqueceu de livrá-la de suas defesas.*

Elas falavam de um rito velho como Imchouk, que consiste em trancar o hímen das meninas mediante fórmulas mágicas, tornando-as invioláveis até mesmo para o marido, a menos que elas sejam destrancadas por um rito contrário. Mas eu sabia que Hmed provocava repugnância no meu corpo. Por isso este lhe proibia o acesso.

Minha sogra me amarrou os braços nas barras da cama com seu lenço e Naïma encarregou-se de me segurar as pernas com firmeza. Petrificada, vi que meu marido ia me deflorar na frente da minha irmã. Ele me partiu em duas com um golpe seco e desmaiei pela primeira e única vez na vida.

Minha virgindade circulou de mão em mão. Da sogra às tias passando pelas vizinhas. As velhas olharam fixamente, persua-

[3] Diz-se da jovem cujo hímen foi atado ou "blindado" para ela não ser deflorada por um homem antes do casamento.

didas de que aquilo evitava a cegueira. A camisola manchada de sangue não provava nada, salvo a burrice dos homens e a crueldade das mulheres submissas.

Uma coisa era certa: Hmed faria amor com um cadáver durante os cinco anos de nosso hediondo casamento.

Quantas vezes voltei à boca de Driss nessa noite em que fugi pela primeira vez da casa de tia Selma? Vinte, trinta vezes? Tudo o que sei é que perdi a virgindade. A verdadeira. A do coração. Desde então, minha alma é só uma plataforma de estação onde fico em pé olhando os homens caírem.

No início, eu não quis que ele enfiasse a língua no meu sexo, chocada com sua falta de pudor. Mas nos poucos átimos de segundo em que seus lábios roçaram meu monte de Vênus, senti o universo virar de pernas para o ar, os mares transbordarem e os planetas implodirem. Um raio me rachou o corpo e a cabeça, incendiando tudo o que eu havia vivido até aquele segundo. Eu não sabia que aquela carícia podia ter tamanha intensidade nem que me podia ser dada por um homem.

Porque Driss meteu a língua no meu sexo, decidi depilá-lo. Ver minha nudez antes de revê-lo. Eu queria saber direito como era o bicho que tão escandalosamente babara seu desejo por Driss, protegido por seus pêlos crespos e implicantes, e que estava pronto a tudo para receber novamente a boca sábia e sorridente em sua bainha e reviver o gozo louco da véspera.

Coisa complicada. Era preciso vigiar com atenção o caramelo, trabalhá-lo bastante para ele ficar mole sem todavia escorrer. Depilar a xoxota não é depilar as pernas nem as axilas. Eu tinha medo de enfrentar o tosão cerrado que dormia, entre as minhas coxas, sossegado e secreto, desde o meu casamento, aquele tempo em que meu marido me pegava como um pé de cadeira engancha num tapete, egoistamente e sem saber nada das minhas pregas e dobras, de meus desejos que eu descobria chamejantes e rebeldes.

A dor é cruel quando a língua de caramelo emplastra o monte de Vênus. Odeio o sofrimento físico. Valentemente, estico a cera nos grandes lábios e descubro, desconcertada, que também há pêlos alojados na superfície interna, onde a carne é tão tenra e luzidia, escondida. Uma puxada de cera, depois duas. A dor passa logo e é o prazer que vem atrás dela, traidor. Como? Não sei. Em lugar de se contrair e encolher, as carnes brilham, se escancaram e a entrada da vagina fica úmida. A cera escorrega, não encontra mais parede onde grudar. As carnes, agora marinhas, não lhe oferecem mais pega. A bola se perfuma, a cada passagem, do meu suco. Meu sexo tem prazer, constato, em deixar que lhe arranquem os pêlos, em ser martirizado. O desejo, qual uma deflagração, me explode a cabeça. Viro cúmplice dessa carne desconhecida, caprichosa e imperial. Eu temia me machucar e eis que minha boceta goza, perfeitamente desperta. Os pequenos lábios amassados batem sob minha mão pegajosa de cera. Estou prestes a desfalecer. Sob o jato de água quente que dilui os grumos que grudam na pele, olho o sexo rechonchudo e sedoso, parecido com o que eu descobria em pequena, debaixo das cobertas, e que hoje está pleno e maduro como uma fruta. Com cuidado, depois cada vez mais freneticamente, torno a explorá-lo, coroado de uma virgindade desprezível e magnífica. Ele quer isso. Não tenho Driss nem a cenoura de Bornia na mão. Pego-o e colho-o, severa. Ele pede mais. A extremidade do clitóris desponta, solta, como uma língua de fogo. Sucumbo. Quero isso. Quero a mim. Com o polegar, provoco a ereção sublime. Meu clitóris se escora no indicador caridoso e compreensivo que sustenta sua rigidez. Sua embriaguez. Comprimo essa massa de água e fogo para puni-la. Meu sexo me venceu. Está feliz e vibro até os dedos dos pés com sua felicidade. Mais que tudo, é a superfície macia e branca que me emociona. Gozo com e por esse sexo nu que caçoa de mim. Ele é tão lindo que compreendo que queiram enfiar a língua nele. Não me masturbo: faço amor com o bicho abençoado que goza sem vergonha nos meus dedos. Ele não pára de escorrer e eu de lhe dizer: "Mais... Mais." É de morrer de rir: apaixonei-me por minha própria boceta. Em uma noite, dei um passo de sete léguas, atravessei o espelho para finalmente me encontrar.

Revi Driss no dia seguinte, no outro e em todos os outros. Ele fazia o que queria do meu corpo e eu olhava seus milagres, pasma. Cada palavra, cada olhar varriam uma apreensão, uma ignorância ou um falso pudor. Minha pele ficava mais flexível, minha respiração mais relaxada. Eu não cansava de aprender, aspirando as galáxias e regurgitando os buracos negros.

Eu estava feliz e tia Selma sabia disso. Ela não aprovava a minha escolha, mas abençoava meu corpo que exalava suas essências raras em perfeita harmonia com as plantas trepadeiras de seu pátio. Um dia, quando limpávamos seu quarto com muita água, ela parou de repente de secar o ladrilho, arrumou seu lenço e disse distraidamente:

— Dê um jeito de não engravidar. Não por você, mas pela criança. Os hereges são cruéis com os bastardos.

Eu não sabia como evitar a gravidez. Ela deve ter adivinhado, pois voltou à carga mais tarde naquele dia, enrolando os fios de massa, uma peneira imprensada entre as coxas:

— Você pode escolher: ou experimenta as receitas árabes, ou pergunta ao seu médico como fazem as nazarenas.

Eu sabia que ela estava aflita e peguei sua mão para beijá-la. Ela retirou-a bruscamente, sorriu, vencida:

— Estou louca de raiva. Louca furiosa!

— Tia Selma, o amor é um belo pecado...

— Quando correspondido.

— É um sentimento irracional!

— Mas Driss é absolutamente racional. Nunca um burguês da espécie dele há de se casar com uma camponesa! Você acha que Tânger vai deixar você em paz? Ele é médico, rico, célebre e generoso com as mulheres. As mães estão prontas a lhe lamber a bunda para ele se casar com as filhas delas. Estão até prontas a aterrissar na cama dele para fazer dele um genro!

— Como assim? Isso é *h'ram*,[1] sete vezes proibido por Deus em vez de uma!

— Deus proíbe o que quer, mas a criatura d'Ele só faz o que lhe dá na telha. Peça só a Ele para afastar do seu caminho a Besta disfarçada de homem ou de mulher! E lembre-se, sobretudo, que Ele perdoa muito mas não gosta especialmente de ser ofendido por nós. Uma criança sem nome é uma coisa abominável! Não faça um filho que o mundo não deseja, mesmo que você o deseje. Não me mate antes da hora, Badra! Ainda tenho tanta coisa para fazer.

Olhei para minha barriga e sorri: eu não me sentia com jeito para a maternidade. Tudo o que eu desejava era amar e beijar Driss. Não ousei dizer isso a tia Selma, e é uma pena.

---

[1] Ilícito.

Como não lhe disse, muitos anos depois, que se nunca pude pôr um filho no mundo, foi por não ter encontrado o pai que o protegesse dele.

Driss mudara o meu modo de falar e andar, de ordenar as idéias. Eu não cometia nenhum pecado, não roubava ninguém, convencida, aliás, de que o mundo não valia nada sem o imenso braseiro de amor onde eu me encontrava, com o coração exposto. Meu coração amava Driss, e pensava nos mendigos que estendem a mão a Deus e são repelidos pelos homens, distraídos e sovinas. Toda sexta-feira, eu dava um pão aos velhos todos empolados e cobertos de andrajos que ocupam a entrada dos mausoléus. Tinha a consciência limpa, como quando, no meu tempo de colégio, eu depositava um centavo na mão de Hay, o mendigo postado na frente da mesquita de Imchouk. Meu coração amando Driss batia gritando a plenos pulmões: "Fora Imchouk! Fora fanáticos que preferem os santos religiosos aos profetas, os transes às orações e as encantações aos versículos. Fora, espíritos malignos, bodes e imãs de pés fendidos! Sejam bem-vindos Deus, trigos e oliveiras. Sejam bem-vindos corações paralisados de amor e bundas purificadas com a água benta das estrelas."

Nós nos encontrávamos, Driss e eu, em seu apartamento do boulevard de la Liberté, um dos muitos imóveis que ele possuía em Tânger. Meu homem administrava uma imensa fortuna, legada por uma avó de origem *fassie*[1] de quem era o único neto. Ela fizera questão de designá-lo como herdeiro, apesar da filha, de alçá-lo a uma posição que lhe deveria ser vedada pela morte prematura do pai, segundo as regras da jurisprudência. Ele me explicou, apaixonado e canalha, as sutilezas do direito muçulmano e como sua avó pudera ludibriar seus mecanismos graças ao *fatwa** de um mufti do seu bairro. Mas o dinheiro o divertia e ele gostava de seu ofício de cardiologista, exercendo-o com um talento incrível, reconhecido tanto por seus pares quanto por seus pacientes.

— Só aceitei o dinheiro da minha avó porque sabia que a gente não podia fazer amor, ela e eu. Ela queria que eu fosse brilhante, mandou-me para um liceu árabe quando era moda gastar a bunda nos bancos das escolas francesas. Que mulher danada!

---

[1] Originário (a) da cidade de Fez.

* Parecer de uma autoridade religiosa islâmica. (N. da T.)

Driss amava o Marrocos a ponto de recusar-se a abrir um consultório na cidade, achando que seu lugar mesmo era na saúde pública. Ele saíra de Fez e se instalara em Tânger com esse único intuito. Às vezes, punha Uum Kulthum* e se declarava apaixonado pelas letras árabes e louco pelos libertinos da era clássica. Li Abu Nawas debaixo do seu olhar guloso e úmido, descobri aí uma liberdade que não é desse mundo. Meu amante foi a primeira pessoa que me falou da Paixão de Hallaj. Graças a Deus, eu não estava nem aí para isso. Como não estava nem aí para a lista de visitantes ilustres que ele me desfiava, nazarenos "pirados por essa bisca preguiçosa de pernas arreganhadas, Tânger, metade *lokum*,** metade porco, com fama de curá-los da morte" — dentre eles um Paul Bowles que não morava longe, um Tennessee Williams no Minzah[2] e um certo Brian Jones que se instalara na casa dos músicos de Jajouka.[3]

Eu às vezes me perdia a examiná-lo. Ele não era propriamente bonito. Mas tinha essa magreza assassina, esses músculos longos e finos que brincam embaixo de uma pele cor de terracota e que me deixavam derretida, pernas bambas e calcinha instantaneamente molhada. Pela forma de seus dedos, finos e delicados, adivinhava-se um sexo venenoso, daqueles que navegam em alto-mar, insaciáveis e incansáveis. Sou dessas que não se satisfazem com uma vez. Foi ele quem me fez descobrir isso.

Ele ria e seus dentes davam vontade de morder seus lábios cheios, de cheirar esse espaço que separa o nariz da boca, ali onde o tabaco deixa marcas sutis, onde tenho vontade de

---

* Cantora árabe. (N. da T.)

** Docinhos à base de açúcar, água e fécula. (N. da T.)

[2] Bairro de Tânger.

[3] Grupo de música.

passar a língua. Desde então, adoro o cheiro do tabaco quando se mistura ao ligeiro suor das peles morenas.

Meu homem passava a melhor parte do seu tempo livre lendo e preparando suas piadas para as festas da alta. Falava de mulheres, de suas bundas e de seus seios sem pestanejar, engraçado e feroz, o sexo armado e a mão ávida. Ele bebia, titubeava, coçava a bunda, andava no meio dos móveis, discos e bibelôs, nu e inteiramente à vontade, ria quando eu lhe pedia para olhar para o outro lado e não fitar o meu traseiro quando eu corria para o banheiro. Não prestava atenção nem ao tempo nem à despesa. De minha parte, eu andava pelos campos da infância, satisfeita. Eu não estava em Tânger. Não estava em lugar nenhum. Estava num amor incrível e total, um amor poliglota que não precisava de filho nem de casamento, um amor que só sabia amar.

Um dia, ele pegou meu rosto nas mãos e me perguntou, meio aflito:

— Diga, você me ama?

Eu não soube o que responder. Que eu dissesse isso a mim mesma ou o confessasse a tia Selma não tinha conseqüência alguma! Mas confessá-lo a Driss!

— Não sei!

— Então por que vem me ver, correndo o risco de fazer Tânger chamá-la de puta?

— Tânger não me conhece!

— Conhece, sim, minha flor! E essa cidade me conhece bem demais para me perdoar!

— Perdoar o quê?

— Ter preferido você a Aïcha, Farida, Shama, Neïla e tantas outras desavergonhadas de boa família!

— Mas você continua saindo com elas!

— Para me divertir, meu doce! Só para me divertir! Shama diz que sente o seu cheiro nos meus cabelos e Naïla diz que, de uns meses para cá, eu fedo a *hilba*.[4]

— E você acredita nisso?

— Em relação aos meus cabelos, acredito! Passo o tempo inteiro com a cabeça metida entre as suas pernas! Elas sabem disso, aliás!

— Não!

— Sim! Até lhes sugeri fazer a mesma coisa, em vez de passar a vida chupando Jalloun, o vizinho, uma depois da outra!

— Você é completamente louco!

— Não! Só estou lhe contando o que acontece nos palácios da nossa querida cidade. Enquanto isso, quer deixar seu apaixonado provar você mais uma vez?

Não adiantava nada protestar ou fingir não gostar disso. Bastava-lhe entreabrir minha calcinha para descobrir uma fonte descontrolada.

[4] Feno-grego.

Badra na escola dos homens

Aos dez anos, eu não quis mais descobrir o sexo das mulheres. Queria ver uma pica de homem. Uma de verdade. Disse isso a Noura, e minha prima morreu de rir, me chamando de pateta.

— Eu já vi várias e de todas as cores!

— Onde?

— No mercado, ora bolas! Os camponeses se sentam a cavalo e ficam com o caralho arrastando entre os maços de legumes.

Fomos lá juntas, fizemos a ronda das barracas sem sucesso. Eu temia voltar para casa sem ver nada, mas topamos com um camponês que havia arregaçado seu velho djelaba. Pareceu-nos que havia uma coisa meio preta pendurada entre as pernas dele, mas não pudemos realmente verificar, tendo o sujeito adivinhado nosso comportamento e corrido atrás de nós nos chamando de "sementes do diabo".

Moha, o oleiro, deve ter acompanhado de longe o episódio, pois sorriu muito quando passamos e fez um sinal discreto.

— Oba, meninas! Olhem um pouco aqui o pedaço de alcaçuz que eu tenho.

Da abertura de seu sarouel *emergia discretamente um pedaço redondo arroxeado, meio escondido pelo torno cheio de barro que ele acionava com pisadas regulares. Paramos, Noura e eu, ficamos um instante petrificadas, depois saímos correndo, sacudidas por risadas nervosas.*

Cortando caminho pelos campos para voltar para casa, eu disse a Noura que a coisa do oleiro não era bonita de se ver.

— Puxa! Você não viu ela toda! Às vezes ele se esconde nas moitas, perto do rio, e mostra ela para as meninas que ficam ali remanchando, depois que as mães acabaram de lavar a roupa.

— Você gostaria de tocar numa coisa tão preta?

— Sinceramente, sim! Parece que, se a gente aperta, sai leite. Se beber um gole, a mulher engravida.

— Não! Esse tipo de coisa acontece com os olhos!

— Como assim?

— Bom, tia Selma vive dizendo para tio Slimane: "Pare de me olhar assim, senão você vai me engravidar!"

— Merda, ora! Que mentirosa, essa Bornia! Não pára de dizer à minha mãe para encher meu pai de ovos fritos com alho e mel silvestre para a coisa dele se encher de leite e ela poder ter dois lindos gêmeos, pretos como ameixas e gigantes como o avô!

Noura era minha provedora de histórias de sacanagem. Como a do pastor de Sidi Driss que tinha mania de esfregar o pau numa sebe de figueiras-da-barbária, sendo o seu membro de ogro peludo insensível aos espinhos. Mas não a mordidas de burro, ao que parece, pois ele precisou ser hospitalizado de urgência no dia em que um burro passeador confundiu-lhe a glande com um figo e deu-lhe uma dentada com uma gula bestial.

Noura me propôs passar em revista os pintos dos primos. Dei de ombros, com desprezo. Eu já conhecia o do meu irmão, Ali, ao qual fora apresentada várias vezes quando ele corria de bunda de fora atrás das galinhas. Vi-o até na hora em que lhe cortaram o prepúcio e ele entrou para a tribo de Abraão, coberto de ranho e presentes. A única coisa interessante no caso foi ver minha mãe em destaque no pátio, um pé dentro d'água e outro no chão. Quando Ali chorou, ela sacudiu o pé direito, batendo com os anéis nas paredes do balde. Os barulhos metálicos e os gritos de júbilo cobriam o choro de Ali, mas ela suava em bicas, esgazeada e lívida. As mães não suportam que toquem em seus filhos, seu butim de guerra. No fundo, elas só gostam dos pintos. São mesmo loucas por eles, e passam a vida a mimá-los para usá-los, no momento oportuno, como tantas adagas e floretes. Quem disse que as mulheres não tinham pica?

Noura pôde satisfazer sua curiosidade em relação aos pintos quando tia Touriyya, que mora numa cidade vizinha, veio nos visitar na época do Aïd, com os dois filhos, um de 12 e outro de 13 anos. Na hora da sesta, Noura e eu nos trancamos no quarto em que eu dormia sozinha desde o casamento recente de Naïma.

Estávamos brincando num canto quando os dois primos entraram pé ante pé, mandando que ficássemos calmas. Logo nos encostaram na parede e começaram a nos beliscar os peitos e a bunda. Noura sufocava e tentava repelir Hassan. Saïd levantava minha saia. Tentou me amolecer:

— Quer que eu lhe mostre o passarinho?

Noura, quase chorando, ameaçou gritar. Os dois irmãos nos deixaram e Hassan anunciou, com desprezo:

— Ei, suas cabritas, a gente não força ninguém! Mas se quiserem aprender a viver, venham nos encontrar amanhã perto do poço da Karma. Vocês vão ver umas coisas!

Temerariamente, fomos. Saïd e Hassan nos esperavam na saída da vila, instalados à sombra de uma oliveira. Encontramo-nos numa clareira, depois defronte de uma sebe de caniços.

— Psiu! Abaixem a cabeça, que não vejam vocês!

O que vi através dos caniços me tirou o ar: 12 garotos, primos e companheiros de brincadeira, estavam deitados na relva, a mão de um indo e vindo na entreperna do outro, olhos fecha-

dos e ofegantes. Noura arregalava os olhos. Eu sabia que o meu lugar não era ali e que eu não tinha de olhar um espetáculo daqueles.

— Menina curiosa! Menina depravada! — sussurrava-me Saïd, os olhos acesos.

— Mas por que eles fazem isso? — perguntou Noura, visivelmente desatualizada.

— Porque eles têm piroca e as cabras nem sempre são dóceis — respondeu Hassan rindo.

Afastamo-nos rapidamente, apesar dos protestos dos dois meninos:

— Ei, meninas! Agora que vocês se regalaram, vai ser preciso nos recompensar! Mostrem a xoxota para a gente! Só um pouquinho! Vamos, não sejam chatas!

Saí correndo, Noura atrás de mim. Loucos de raiva, os garotos nos perseguiram pelo meio do mato e teriam nos alcançado se Aziz, o pastor, não tivesse passado, montado ao contrário em seu burro, cantando umas músicas berberes com seu vozeirão. Saïd e Hassan tiveram de bater em retirada, desgostosos.

— Vocês dois aí não perdem por esperar! Vamos contar tudo para Am Habib, o tahhar.[1] *Ele vem cortar de novo a coisa de vocês!*

Ver os garotos se tocarem uns aos outros me chocou profundamente. Então, uma pica não tem uma preferência particular: vai atrás de xoxota e de braguilha, indiscriminadamente. Eu me sentia brutalmente destronada, de uma inutilidade atroz.

Disse isso a Noura, que confessou envergonhada:

— Eu achava que só as meninas fizessem entre elas!

— O quê?

[1] Homem encarregado da circuncisão dos meninos.

— Pois sim! A gente não deixa você participar das nossas brincadeiras de medo que a sua mãe nos pegue! A sua mãe é apavorante, você sabe!

— Você é uma traidora! Vai me pagar!

— Juro que só estava esperando a hora certa para lhe mostrar!

— Bom, você me mostra daqui a pouco! Venham lá em casa e eu me encarrego de enganar a vigilância de mamãe.

Elas vieram, quatro meninas primas e colegas de classe. Nos encontramos com nossas bonecas e nossos badulaques, brincando de gente grande que recebe e dá festa. Cada uma das meninas, uma toalha na cabeça à guisa de haïk, *bateu na porta do meu quarto e entrou recitando as fórmulas de praxe:*

— Como vai você, ya lalla? *Como vai o dono da sua casa? E a mais velha, casou-se? Deus abençoe o teto de vocês!*

Instalei-as numa esteira, junto da cama. Servi-lhes um resto de chá misturado com água e doces secos roubados do armário de mamãe, depois Noura anunciou que íamos continuar a conversar embaixo do estrado. Ela foi a primeira a começar a se encostar em Fátima e as outras meninas seguiram seu exemplo. Contentei-me em olhar. Noura não demorou a largar a companheira de brincadeira para cuidar de mim. Fechei as pernas, mas sua mão logo encontrou meu sexo e começou a me excitar o grelo por baixo da saia. Como para me vingar das sensações deliciosas que essa carícia me dava, enfiei a mão entre as pernas dela e lhe fiz a mesma coisa. Não se ouvia um som, mas as mãos tocavam uma partitura furiosa nos corpos aquiescentes. Um calor doce e atordoante me corria pelas pernas. Minha xoxota subia sob a mão ativa que a friccionava, amassando o caramujinho escondido lá em cima. Tentei não diminuir o ritmo de meu dedo, para que Noura continuasse a revirar os olhos, perdida, a boca aberta e a testa coberta de suor. Tornei a pensar na cena dos garotos e me perguntei se eles encontravam na brincadeira deles um prazer igual ao nosso. A mão de Noura me acariciava e aquilo era divino.

Durante quase um ano, uma espécie de frenesi se apoderou de nós, nos impelindo, Noura e eu, a nos esfregarmos uma na outra em qualquer oportunidade, sozinhas ou na presença das outras garotas. Seu dedo virou o visitante titular da minha intimidade. Repugnava-me entregar-me a outras mãos que não as dela, já fiel, já exclusiva. Sem nos despir, o sexo apenas descoberto, acontecia-nos de cavalgar uma na outra, os púbis encaixados e as mãos bisbilhoteiras. Noura tornava-se o meu terno segredo. Eu era seu ídolo e um pouco sua propriedade.

Saïd, de sua parte, continuava a me rondar. Alguns dias antes de voltar para sua cidade, veio me procurar, os olhos fervilhando e a voz suplicante:

— Tenho uma coisa para lhe pedir.

— Estou ouvindo!

— Você viu bem o que eu podia fazer você descobrir.

— Está falando dos garotos? E então? Vocês são um bando de degenerados que as mulheres não querem!

— Degenerados ou não, eles deixaram você sem fala. Bom, não é disso que eu queria lhe falar. Quero que você me faça um favor. Venha atrás de mim.

Ele seguiu em direção aos campos.

— Aonde você vai? Mamãe não gosta que eu ande com os garotos.

— Não vai demorar muito.

Alguns minutos depois, chegávamos à mesma clareira da outra vez. Um grupo de garotos se instalara ali, como se fosse dia de feira.

— Você cansa. Não vai me passar uma reprise da cena?

— Não. Mas fiz uma aposta.

— Que aposta?

— Mostrar a eles a sua xoxota.

Engasguei.

— Eu lhe imploro! Não me deixe na mão! Você não corre nenhum risco, eu garanto. Vai ficar aqui, sossegada. Eu vou usar essa toalha como cortina. Os meus amigos vão fazer uma fila. Cada vez que eu levantar a toalha, você levanta a saia e mostra a xoxota.

Eu tinha vontade de saber o que vinha depois e deixei-o fazer o que queria. Ele prendeu a toalha num galho, estendeu-a de forma que ela me escondesse inteiramente aos olhares e gritou para os amigos:

— Preparem-se. Quando eu fizer sinal, Farouk, você dá um passo à frente!

Foi assim que, durante uma boa meia hora, pude exibir minha jóia e ver o seu efeito nos meninos, a calcinha numa das mãos, a outra ocupada em levantar e abaixar a saia. Meu primo levantava a cortina, depois a abaixava como um toureiro que agita seu pano diante do bicho petrificado. Eu olhava tranqüilamente os pequenos curiosos. Eles só viam o meu sexo, hipnotizados. Alguns enrubesciam até as orelhas, outros empalideciam como se estivessem prestes a desmaiar.

Depois que o último espectador foi embora, Saïd me deu tapinhas no rosto com orgulho e disse:

— Ah, prima! Você foi genial. Pode-se dizer que você tem peito. Vou lhe retribuir isso, prometo, juro!

— Você apostou que eu mostraria minha xoxota para os seus amigos sem baixar os olhos, foi isso!

— Melhor! Cada um desses débeis pagou uma moeda para poder admirar sua xoxota. Resultado: tenho um dirham *no bolso e vou comprar a bola que Lakhdar, o vendeiro, pendura na porta da loja para me deixar fulo de raiva.*

Minha xoxota por uma bola! Eu achava aquilo ridículo, mas estava lisonjeada pelo fato de ela render tanto sem eu fazer o menor esforço. Mesmo assim, perguntei:

— E eu, o que é que eu ganho?

— A estima do seu primo que talvez um dia se case com você.

— Eu não quero me casar com você. Você é muito gordo e cheira a alho como a sua mãe.

Não nos casaremos. Ele se casará com Noura e se esquecerá de ficar de pau duro no dia do seu casamento. Tornar-se-á sobretudo um dos melhores negociantes de sua geração.

Desde o início de nossa relação, Driss fez questão de me depositar, no fim de cada mês, cem *dirhams*, meu "salário", dizia. Ele queria me dar uma autonomia financeira que me permitisse normalizar o meu relacionamento com tia Selma e me afirmar "maior de idade e adulta". A idéia me pareceu estapafúrdia, mas não recusei o seu dinheiro. Ele insistiu para que eu me matriculasse num curso de estenodatilografia, retomasse os livros escolares, recomeçasse o francês e a leitura. Fiz isso, pouco convencida de seus argumentos, mas querendo agradá-lo.

Abandonei o véu pelos vestidos que ele me dava, os sapatos, os lenços e as jóias que valiam uma fortuna. Tia Selma resmungava: "Já que ele trepa com você e a sustenta, o que o impede de pedi-la em casamento? Ele está fazendo de você uma puta de luxo."

Casamento? Mas nós éramos marido e mulher e não era o papel assinado na frente dos *aduls*[1] que iria mudar grande coisa, afirmava meu amante. Eu acreditava nele. Antes do amor, ele me fazia ler páginas inteiras de Lamartine, corrigia minha dicção e meus erros de ortografia.

---

[1] Notários religiosos.

— Daqui a pouco você vai entrar em Racine se se aplicar! — dizia, rindo.

— Para quê? Para que essa salada vai me servir?

— Para lhe abrir a cabeça. Para ganhar a vida, também.

— Trabalhar, eu? Mas eu não tenho diploma nenhum.

— Você já tem o certificado de estudos e alguns anos de colégio. Deixe comigo. Daqui a pouco você vai estar sentada atrás de uma mesa, pondo sua assinatura embaixo de um monte de papéis inúteis.

Ele cumpriu com a palavra. Menos de um ano depois, conseguiu-me um emprego de secretária numa das agências da companhia aérea do reino. Meus emolumentos eram ridículos, mas eu não estava pouco orgulhosa de levar um salário para casa. Tia Selma não aceitou que eu lhe entregasse o dinheiro todo no fim do mês:

— O dinheiro é seu e você deve dispor dele livremente. Quer participar das despesas? Tudo bem, mas aprenda a administrar as suas finanças e a economizar para nunca passar necessidade.

Driss também me abriu uma caderneta de poupança no Correio. Mais tarde, tive uma conta bancária, mas guardo, até hoje, minha caderneta postal, como a luz fóssil de um planeta há muito desaparecido.

Eu amava Driss e aprendi a lhe dizer isso, ingênua e satisfeita com seu corpo. Ele sorria, meio triste, e me dava tapinhas no rosto, paternal.

— Minha menininha, o que é amar? Nossas epidermes se satisfazem em se esfregar uma na outra. Amanhã você vai encontrar outro homem, vai ter vontade de acariciar a nuca dele, de tê-lo entre as pernas. Eu vou desaparecer.

Eu gritava, horrorizada:

— Nunca!

— Não diga bobagem! Eu, por minha vez, posso encontrar uma mulher, mulheres, ter vontade de lambê-las.

— Eu não gosto quando você fica grosseiro.

Sua linguagem me lembrava as megeras das minhas cunhadas e, não sei por que, a triste sorte das *hajjalat* de Imchouk.

Minhas marginais amadas

Meu primo Saïd me fizera descobrir que um sexo podia ser vendido e dar dinheiro, como o das hajjalat *banidas da vila e que tia Taos acusava de "vender a xoxota". Eu dizia a mim mesma, intrigada: "Assim, elas fazem como eu e eu faço como elas. Por que tanto fricote por tão pouco?"*

Aquelas cujos nomes sussurrávamos murmurando audhubillah[1] *de indignação eram mulheres sem homem, e por isso consideradas sem virtude. Elas eram apenas três, uma mãe e suas duas filhas, mas seus pecados, murmurava-se, equivaliam em peso aos da terra inteira. Elas viviam sozinhas desde que o pai, que saíra em peregrinação, desaparecera. Alguns diziam que ele havia morrido em terra santa, outros que se estabelecera em Casablanca e que suas mulheres "trabalhavam" para ele. Como uma mulher podia "trabalhar" estando reclusa? Pois bem, agora, eu sabia.*

Eu prestava atenção para captar o menor rumor que circulasse a respeito delas e o recolhia, febril e ávida. Inventava qualquer pretexto para rondar a residência delas, uma fazenda de telhas vermelhas que lhes fora oferecida por um antigo colono e que dava bem sobre o rio. Elas a haviam cercado com um

---

[1] Deus nos proteja.

murinho branco sobre o qual subia uma trepadeira selvagem que escondia a fachada e fazia com seus ramos inextricáveis um biombo para essas senhoras.

Sempre havia, postado no canto, um homem moreno, com uma cabeça enorme, que fazia papel de guarda. Também lhes servia de moço de recados. Ele desaparecia à noitinha para dar lugar aos rapazes da vila que desfilavam, mais ou menos discretos.

Às vezes as duas irmãs eram vistas nas ruas de Imchouk. A mãe, nunca. Elas atravessavam a praça totalmente cobertas com o véu, mostrando um olho só, exageradamente desenhado com khol. *Dizia-se à boca pequena que elas tinham uma cara horrenda, os quadris retos, a tez macilenta, o andar pesado e os pés chatos.*

Às vezes uma delas ia à casa de Arem, a costureira, ou entrava no mausoléu de Sidi Brahim. Elas também iam ao hamman *e todo mundo sabia que as mulheres fugiam do salão para o vestíbulo quando as* hajjalat *se anunciavam.*

Pude me fartar de admirá-las no dia em que cruzei com elas na frente da piscina de água quente. Quando as viu, minha mãe rapidamente deu meia-volta e quase fugiu. Eu fiquei plantada ali, devorando-as com os olhos. Elas eram lindas e gêmeas. Seus corpos moldados nas combinações de renda fina tinham a brancura do alabastro. Seus seios, chocantemente pesados, tinham o mamilo cor-de-rosa e desabrochado como um grão de romã. Seus olhos eram de uma cor indefinível embaixo dos arcos das sobrancelhas, desenhados em crescente. Eram esses os monstros que as pessoas não paravam de insultar e maldizer nas esquinas de Imchouk? Aos meus olhos de adolescente, aquela carne, aquelas ancas, aquelas peles, aqueles quadris nada mais eram senão a encarnação de um desejo total e tirânico. Inclinando-me para levar o balde cheio de água fervente, encostei na perna de uma das irmãs. Quando olhei para cima, o rosto em fogo e a vista turva, vi-a sorrir, majestosa e distante. Ela pegou meu rosto entre as mãos, como uma taça, e me beijou quase na boca, de leve primeiro, depois com uma pressão quente e insistente. Seus lábios davam vertigem. Fugi gritando. Atrás de mim, ria essa rainha de Sabá por quem meu professor tinha uma afeição especial.

— Volte quando quiser, menina! Sua saliva é de açúcar e mel — disse-me ela na frente de todo mundo.

Minha mãe me aguardava no hall, o cenho franzido e o olhar desconfiado:

— O que estava fazendo lá dentro? Por que demorou a sair? Não a proibi de olhar essas meninas da vida?

— Escorreguei quando quis fugir! Acho que desmaiei.

Isso era só meia mentira, minha cabeça ainda zumbindo do prazer saboreado nas barbas de Imchouk. O beijo da moça me queimava a comissura dos lábios e me atordoava. À noite, na cama, não pude me impedir de exortar Deus:

— Faça com que eu vire uma hajjala! Faça com que essa moça volte para me beijar!

Ela não voltou, salvo em meus devaneios noturnos, quando eu sonhava com meu juramento de ter o sexo mais lindo de Imchouk e da terra inteira. De agora em diante, eu sabia que as hajjalat me superavam em beleza e em mistério, mas não sentia raiva delas. Ao contrário. Sentia confusamente que elas eram minhas irmãs de raça, irmãs mais velhas que poderiam um dia me abrir todos os portões de um paraíso inconcebível para os outros mortais.

Certa tarde, cruzei com uma das irmãs na saída da escola. Ela atravessava o rio. Decidi segui-la, mesmo correndo o risco de ser estripada por minha mãe. A moça andava sem se apressar nem se virar, olhando para frente, o véu farfalhando. Quando *passou a mesquita, precisei correr, pois ela havia bruscamente apressado o passo.*

Tomou a direção do cemitério, entrou ali e deu uma olhada em volta. Eu me escondi atrás de um arvoredo onde pastavam duas cabras. Debruçada sobre um túmulo, as palmas das mãos abertas e erguidas para o céu, a hajjala *rezava. Em volta, não havia vivalma.*

Ela não parava de recitar seus versículos e eu estava começando a ficar cansada. Minha demora iria me valer uma boa surra, pensei, aflita. De repente, vi um homem surgir do outro lado do cemitério e se aproximar da jovem. Ao chegar onde ela estava, ele estendeu as mãos para uma oração, depois, de um golpe, puxou-a para si antes de curvá-la sobre o túmulo. Meteu-se atrás dela e colou-se às suas costas. O véu deixava apenas adivinhar o vaivém do homem, encobrindo seus dois corpos. Compreendi afinal o sentido dos movimentos deles e saí do arvoredo, voltando para casa e procurando uma desculpa plausível para o meu atraso.

Minha mãe não acreditou numa palavra do que lhe contei. Trancou-me nas latrinas depois de me ter aplicado a maior surra da minha vida. Só a visita inesperada de tia Selma me salvou de um castigo mais severo. A esposa de Slimane me fez prometer não mais ficar remanchando depois da escola. No dia seguinte, aproveitou que estávamos sozinhas nos fundos da casa, cercadas de jarros de azeite de oliva, de cuscuz e de carne seca para me perguntar:

— É verdade que você foi até o cemitério, ontem à noite?

— Quem lhe contou isso?

— Tijani, o míope, avisou a seu tio que me contou hoje de manhã, trazendo os sfinges *do café da manhã. O que você foi fazer lá, à noitinha?*

— Eu seguia a hajjala *— confessei, corando.*

— Hein? De onde você conhece essa mulher?

— Eu a vi no hamman *com a gêmea dela!*

Tia Selma estava vermelha de raiva. Puxou-me a orelha sem cerimônia:

— Olhe aqui: não se atreva nunca mais a chegar perto dessas mulheres. Então você não entende que elas são más?

— Elas são tão lindas, tia Selma!

— E o que você tem com isso? Não vai se casar com uma delas, que eu saiba! Puxa vida! Eu corto a sua cabeça se a vir rondando essas mulheres!

Levei uma medida de cuscuz para a cozinha. Tia Selma resmungava atrás de mim, furiosa: "Lindas, diz ela! A gente sabe muito bem! Vai ser preciso casar essa menina mais cedo! Ela é capaz de pagar como um homem para admirar os peitos das hajjalat*!"*

Prestei atenção, bruscamente interessada: e se eu recolhesse uma quantia suficiente de dinheiro para que elas me deixassem olhar os peitos delas à vontade e, quem sabe, seus grelos adultos? Afinal de contas, Saïd recolheu um dirham *em menos de meia hora graças à minha xoxota. Eu podia fazer isso e muito mais.*

Noura caiu em prantos quando lhe falei desse assunto:

— Eles vão matá-la se você fizer isso. E eu vou ficar sozinha, como uma verdadeira hajjala, *sem você!*

— Você está começando a me irritar. Não é hajjala *quem quero! Só quero saber se meu sexo é tão bonito quanto o delas!*

— Mas quem lhe disse que elas têm xoxotas bonitas?

— Quando a pessoa tem uma cara tão radiosa, forçosamente o rabo acompanha!

— Então, é você que tem a boceta mais bonita de Imchouk! Tem até um sinalzinho em cima! O mesmo que você tem no queixo.

— Você não entende de xoxota! Sua especialidade é pinto! E agora, assoe o nariz, se não quiser que eu vá ver as putas já!

Mais tarde, ouvi tia Taos estrondear para tio Slimane, posto em quarentena pelas duas esposas: "As suas hajjalat *vão acabar mal! Eu é que lhe digo isso." Três meses depois do meu casamento, a notícia caiu como um raio na cidade: Aziz, o pastor, encontrara uma das irmãs num campo abandonado perto do cemitério. Haviam-lhe queimado o sexo e cravado uma faca na garganta. Ninguém jamais soube quem cometeu um ato tão abjeto. "Sem dúvida, um de seus clientes que não conseguiu convencê-la a abandonar a profissão", disse minha mãe, com um ar plácido, quando lhe dei a notícia.*

Fiquei triste e enjoadíssima. Para que serve a Providência divina se permite a morte de uma hajjala *e deixa um Hmed devastar as rosas impunemente? Eu tremia de raiva recalcada e mordia os punhos de impotência.*

Nunca mais viram as outras duas hajjalat. *Dizem que elas saíram de Imchouk, uma noite de dilúvio, tomando a direção do deserto vizinho. Eu nunca soube qual das duas irmãs morreu, a que me beijou no* hamman *ou a que ficou olhando. O fato é que eu nunca mais cortei uma rosa. Prefiro vê-la desabrochar, iluminar-se, murchar e depois morrer em pé.*

Hoje, em minhas rondas noturnas perto do rio Harrath, ouço às vezes a pedra gemer. Gotas d'água jorram dali, escarlates como as lágrimas derramadas tarde demais por seres terrivelmente queridos. Esqueço então Driss, abandonado pela graça, e revejo minha *hajjala* envolta em ouro e mistério.

Driss me intrigava e me fazia suar frio, único e múltiplo, constante a ponto de ser teimoso, variável como mercúrio. Muitas vezes amoroso, galante, lírico, generoso com seu tempo e seu dinheiro. Quase sempre solitário, brusco, egoísta, ferino e cínico. Capaz de chorar no meu ombro ao me fazer amor e inteiramente insensível quando eu me aventurava a despir meu coração, a lhe dar um beijo na palma da mão. Já caçoou dos meus pés, chamando-os de "camponeses", no exato instante em que me tirava o *michmaq* para me fazer experimentar escarpins que ele acabara de trazer do melhor sapateiro da cidade. Um dia, me achava gorda demais para seu gosto, no dia seguinte, magra demais. Às vezes, fazia greve, recusando-se a me tocar por três semanas seguidas, chamando-me de fêmea lúbrica, vomitando seu uísque no ladrilho assim que eu tomava coragem de pegar sua mão para colocá-la no peito. Depois, de repente, quando eu já ia perdendo as esperanças de ver seus mamilos e sua bunda, ele me tragava como um tornado, me triturava no chão, encostada na parede, montada numa mesa velha, berrando de prazer, me pedindo para lhe sussurrar sacanagens no ouvido. Impunha-me seus caprichos, fazia-me atravessar a cidade correndo, angustiadíssima, com um telefonema do escritório, onde ele se dizia cansado, desgostoso, à beira do suicídio. Eu já o imaginava morto, já lívido, já rígido, e eis que ele me recebia sorridente, bem barbeado, perfumado, a braguilha aberta e o sexo agressivo. Aspirava-me a língua, mordia-me os seios e os lábios, abria-me as pernas, enfiava a pica em meu sexo febril, metendo-a e tirando-a, metodicamente, longamente, absorvendo o meu desejo com a fralda da camisa que recendia a lavanda e tinha no bolso da frente suas iniciais, discretamente bordadas.

Começou a me falar dos homens. Depois, das mulheres. Sugerindo, inocente como uma criança recitando sua primeira lição, uma sessão a três, depois a cinco. Tratei-o de louco, quis ir embora na hora.

Ele ria, me achava ingênua, me desafiava a provar que eu tinha alma e que haveria ressurreição após a morte. Eu estava perplexa. Para mim, a alma era uma coisa óbvia, evidente. E mesmo se não soubesse como era Deus exatamente, eu estava convencida de que Ele era onipotente, onipresente e que mantinha os planetas em equilíbrio. Eu tinha a fé dos carvoeiros. Ele procurava rir, sentindo-se inconfortável na vida e naturalmente triste.

Um dia, eu estava sentada no colo dele, quando ele sussurrou:

— Concordo, você tem alma, mas por que ter coração? Sabe o que é um coração?

— Uma bomba!

— Ah, mas está melhorando, a minha beduína! Sim, exatamente! Uma bomba. Admita para mim que eu sei alguma coisa.

— Reconheço que você é um grande médico!

— Cale a boca, traidora! Eu estou em melhor posição para saber que, quando a bomba pára de bombear, os seres param de existir e os corpos apodrecem.

— Os gerânios de tia Selma não se fazem perguntas desse gênero.

Ele arregalou os olhos, visivelmente espantado.

— O que os gerânios têm a ver com isso?

— Adoro sua cor e odeio seu cheiro, mas eles existem sem que eu tenha que decidir por eles. Devem ter uma alma, também, mesmo que eu não a veja.

— Você quer dizer um sentido. E meu sexo? Para você, ele tem um sentido?

— Driss, você me dá medo. Às vezes, eu digo a mim mesma que Deus e você são iguais. Poder demais! Sedução demais! Amo tanto você que fazermos amor me parece a única oração capaz de se elevar até o céu e se inscrever no registro das minhas ações válidas e defensáveis aos olhos do Eterno.

Ele caiu na gargalhada:

— Você está perto do *chirq*,[1] minha menininha! Preste atenção para não queimar as asas! Ah, minha pagã, minha pagã querida, meu tesouro, minha puta imaculada, minha criança sem medo!

Eu sabia que eu vivia no paganismo, que minha fé me fugia entre as pernas, apavorada com o grau de prazer que os corpos podiam se dar. Eu sabia que havia cruzado uma linha divina após uma linha social que, esta, não me custara nada. Eu sabia que voltava a ser, sob as mãos de Driss, uma criatura de antes de Cristo, de antes do Alcorão, de antes do Dilúvio. Que eu me dirigia, de agora em diante, diretamente a Deus, sem livros nem messias, sem *halal* nem *haram*, sem sudário nem sepultura. Adivinhei isso uma manhã em que, indo para o escritório, rezei a Deus para aceitar que Driss tornasse a fazer amor comigo naquela noite mesmo, após

---

[1] Politeísmo.

dois meses de penúria. Deus ouviu minhas preces, pois Driss me ligou às quatro horas, todo doce, dizendo que estava morto de saudades minhas e que me levaria para jantar num dos restaurantes mais cotados da cidade.

Toda a minha infância, só precisei celebrar os santos, assistir aos *moussem* e ver o sangue dos carneiros se espalhar pelo chão, para a glória de um desconhecido chamado Moulay[2] Fulano. Com Driss, eu soube que minha alma se abrigava entre as minhas pernas e que meu sexo era o templo do sublime. Ele se dizia ateu. Eu me dizia crente. Besteira tudo isso! Por amor a Driss, aceitei jogar xadrez com Deus. Ele fazia as primeiras jogadas. Magistrais. Eu construía minha defesa em torno de um bispo, de uma torre e da rainha que eu não era. É engraçado: nunca liguei para o rei. Acho que Deus adora os Seus amantes que, mesmo na morte, continuam se prosternando diante de Sua glória. Acho que Deus nos ama a ponto de velar sobre nosso sonho mesmo se roncarmos.

---

[2] Equivalente a Monsenhor. Título concedido às personalidades de alto escalão, aos grandes religiosos, aos santos e aos devotos muçulmanos.

Meu homem queria que saíssemos, que fôssemos ao teatro, ao cinema, ao *country* clube, que seus amigos nos recebessem como um casal, como nessas rodas esquisitas de que ele me falava, onde tudo, precisava ele, podia ser dito e tudo podia acontecer. Aceitei acompanhá-lo a esses lugares, irritada e completamente refratária à multidão e à bebida. Foi aí que ele começou a me perder. Foi aí que o perdi.

Driss sabia que eu estava apaixonada e brincava com meu desejo. Nessas noitadas, ele adorava cheirar a nuca de uma garota, apertar as cadeiras de outra, dar beijinhos numa têmpora ou beliscar ostensivamente uma bunda cheia. Jamais me tocava em público e fingia não ver minha raiva nem as balas que eu metia na pele das gatinhas dele. Os raios ardentes que me atravessavam a barriga cada vez que ele estava a menos de um metro de mim me enchiam de lágrimas e de exasperação.

Uma noite, ele me levou à casa de duas senhoras cujo nome ele me revelou na entrada, no quarto andar de um edifício elegante da avenue de l'Istiqlal. Serviu-se de vinho francês, devorou um cacho de uvas, contou duas ou três piadas, depois disse que estava carente de amor. Cinco minutos depois, tinha no colo Najat, uma míope de corpo de deusa, e lhe apalpava os seios sem vergonha. Eu queria matar ouvindo Saloua, sua companheira, rir e encorajá-lo:

— Tira o peitinho esquerdo dela para fora. Vai, morde o biquinho. Mas não com muita força. Lambe, meu bem, lambe! Najat adora ser chupada. Não se aflija, ela já está molhada. Põe o dedo para ver se estou mentindo. Ah, Driss, tenha pena da minha mulher! Ela é muito aberta, muito larga! Mas cheira bem! Sinto o seu cheiro, ah, meu amor querido, minha vulva adúltera! Abre as pernas para Driss ver, afinal, a boceta enorme que tiraniza minhas noites e enche meus dias com o gozo de uma mulher. Ei, Driss, Najat só gosta de homem quando eu a vejo fazer. Me diz que, cada vez que é comida por um homem na minha frente, o meu clitóris aumenta um centímetro. Está convencida de que de tanto me chupar a xoxota toda noite, eu vou ficar com uma pica no meio das pernas, só para meter até o útero dela, diz, e livrá-la dos homens para sempre. Bom, você se mexe, Driss, ou eu tomo o seu lugar? Eu quero a minha mulher, seu médico sujo que tem tesão por duas lésbicas trepando!

Levantei-me, quase digna, quase senhora de mim. Eu não tinha nada a fazer naquele apartamento, no meio daquela tríade libertina. Não era nem meu mundo, nem meu homem, nem meu coração que eu via ali. Então fui embora. Ao meu redor, Tânger cheirava a enxofre. Eu queria matar.

Driss só tornou a me ver duas semanas depois. Não procurou se desculpar, sentou-se à minha frente e, mostrando o tapete cheio de bibelôs e edições raras, disse:

— É uma herança da minha avó, rica como Creso, injusta como a louridão dos trigos que ela cheirava, apoiada em sua bengala de castão de prata, no meio de seus campos maduros e lascivos em pleno mês de maio. Ela fazia questão de ter em sua grande cama de baldaquim garotas de 15 anos, bem núbeis, de seios duros como pedras, o sexo encardido e dócil. Minha avó me adorava e mal se escondia para chupar a língua de suas camponesas roliças como melões ou martirizar seus seios pesados como espigas. Foi dela que tirei o meu amor pelas mulheres. Ela obrigava suas cortesãs a usarem calcinha e as guardava para mim fechadas como um segredo numa caixa de prata ricamente trabalhada. "Cheire isso, seu pilantra", dizia, oferecendo-me uma calcinha ligeiramente manchada na ponta da bengala de ébano. Eu cheirava religiosamente a relíquia, cãozinho louco e impaciente. "Vá tomar banho, agora, e não deixe os homens botarem a mão no seu traseiro. Eles não sabem viver, esses camponeses. Não têm pena das rosas nem das rosáceas, nem, naturalmente, dos cordeiros da sua idade."

"Uma noite, eu quis ver e saber. A porta do quarto de vovó estava entreaberta, o corredor, deserto. A jovem Mabrouka estava sentada na cara dela e gemia, toda despenteada, as cadeiras pequenas e dançarinas. Preservando o hímen da garota desmiolada, um dedo aristocrata manipulava-lhe, conhecedor, a bunda virgem, enquanto o sexo se colava na boca da velha dama digna, de coque impecável e grisalho. Quando Mabrouka, vencida e saciada, desabou sobre os seios de minha avó, ainda firmes apesar da idade, esta se virou para a porta onde eu estava, garoto e já homem, e me deu uma piscadela. Ela sabia que eu estava ali. Retirei-me, pegajoso e admirado com tanta audácia. O poder da velha dama sublime me subjuga ainda hoje. Ela deu um dote generoso a Mabrouka, casou-a com seu meeiro mais trabalhador. Foi ela a primeira a ir recolher o lençol manchado com o sangue de sua virgindade, no dia seguinte às núpcias. Deu um beijo na testa da jovem esposa e deixou um bracelete de ouro embrulhado num lenço debaixo do seu travesseiro.

Eu estava lá, mais uma vez, em pé, vestido com minhas calças curtas de veludo cotelê, uma gravata-borboleta ridícula ao pescoço. Via vovó comandar o mundo depois de Deus, serena e plena de sua ciência dos corações, da cotação do trigo e da cevada.

"'*Lalla* Fatma', gemeu a jovem Mabrouka. 'Psiu', cortou vovó. 'A dor vai passar e você vai amar Touhami, aos poucos. Deve dar muitos filhos a ele, minha filha. Você vai ser uma esposa perfeita, vai ver.' Nesse dia, compreendi que nossos amores são incestos repetidos e que entre os corpos não deveriam existir divisórias. Você não sabe disso, talvez?"

Sim, eu sabia. Todos os corpos conhecidos antes me serviram para isso: pôr abaixo a divisória entre Driss e mim. Eles eram passageiros, um aprendizado pueril e desajeitado. Eu queria lhe dizer isso, mas tive medo que ele me achasse manchada por trepadas feias e apressadas enquanto, antes dele, eu nunca havia trepado de verdade. Nem amado. E que eu não queria matá-lo.

Naïma, a satisfeita

Porque nos proibia os homens, Imchouk nos impelia inevitavelmente para os braços das mulheres, parentes ou vizinhas, sem distinção. Fazia de nós também voyeuses. *Eu vi Naïma se casar.*

Eu tinha 12 anos recém-feitos quando a esposa do vendedor de sonhos veio bater à nossa porta, pedindo a mão de minha irmã para seu filho Tayeb. Ele acabava de conseguir seus galões de gendarme, o que conferia à família uma autoridade que séculos de óleo de fritura não haviam podido assegurar. A mãe pediu ao rapaz para desfilar pela cidade com seu quepe grande na cabeça, o passo marcial e o queixo altivo, os braços caídos ao longo do corpo magro. "É o melhor espetáculo que tivemos desde que os rumis se mandaram da cidade!", brincou o oleiro. "Só que, de quebra, ele deveria vestir a mãe e a irmã de animadoras de parada", emendou Kaci, o gerente do bar dos Incompreendidos.

Essas brincadeiras não chegaram a meu pai, a quem o uniforme impressionava ao mais alto grau. Desde a independência, tudo que ele desejava era trocar os djelabas que cortava com uma tesourada despeitada por esses uniformes pregueados, ornados de tiras, de martingales, de zíperes e de botões dourados. Infelizmente, a gendarmeria nunca lhe encomendou uniformes para vestir seus oficiais de papier mâché.

Minha mãe autorizou Tayeb a ir lá em casa uma vez por semana para conversar com a prometida sobre os preparativos do casamento. Mas deu um jeito de estar sempre presente entre os dois noivos. Nas noites em que o cansaço era muito grande, não ousando botar para fora o filho do vendedor de sonhos, ela encarregava Ali de ficar vigiando. Sentado entre Naïma e seu gendarme na banqueta da sala, ele vigiava a virtude da irmã, do alto de seus 11 anos, orgulhoso e aplicado.

Uma tarde em que eu havia ido me deitar logo depois do jantar, o grande silêncio estranho que reinava na casa me acordou. Meu pai não roncava, e a madeira parara de trabalhar. Levantei-me e fui descalça para a sala. O espetáculo era alucinante. Os noivos se debatiam na frente de Ali adormecido. Em seguida me dei conta de que Naïma tinha a parte de cima do vestido desabotoada. Seu gendarme lhe triturava os seios que ela tentava desesperadamente meter de novo dentro do corpete. Retirei-me na ponta dos pés, abafando uma risada nervosa. Pronto, basta um par de seios para que o mundo perca a razão e esqueça a prudência. A vigilância de minha mãe acabava de ser regiamente passada para trás.

Voyeuse *e muito boa entendedora, também o fui inteiramente no dia em que Naïma me convidou à sua casa, no vilarejo de Fourga, para onde seu marido foi transferido alguns meses após o casamento. Carro era um engenho raro em Imchouk e a pessoa precisava se resolver a montar em tratores ou charretes para os grandes deslocamentos. O pai de Tayeb se ofereceu para me levar em lombo de burro, e minha mãe aceitou sem dificuldade.*

Chouikh considerava que sua única fortuna era seu burro egípcio, um animal de pêlo dourado, prezado em todo o vale, os flancos cheios e o olhar tão depravado quanto o do dono.

Ele me pôs na garupa e pediu-me que o agarrasse bem pela cintura. Não parou de cantarolar, ignorando-me durante toda a viagem, não me dirigindo o menor cumprimento sob o pretexto de que se tornara nosso sogro. Meus pés balançavam, batendo alegremente nos flancos do burro, apesar da chuva que não parou de cair e nos molhou até os ossos.

Eu estava feliz de rever Naïma. Sentia falta de suas risadas como de sua tagarelice de noiva.

Em seu apartamento minúsculo ladrilhado de preto e branco, Naïma andava descalça. Sua hena perdera o vermelho ocre para ficar cinza como o céu de Fourga. Mas sua pele parecia mais luminosa e seus gestos mais lentos, como indolentes. Seu andar também havia mudado. Ela balançava os quadris de um jeito que eu não reconhecia. Fiquei olhando para suas pernas, pois Noura me confidenciara que uma das conseqüências do casamento era alargar a entrecoxa das recém-casadas, cujas pernas ficam arqueadas. Mas Naïma não parecia sofrer de tal anomalia.

No fim do dia, meu cunhado voltou envergando seu uniforme. Jantamos os três na mesma mesa. Lá em casa, papai sempre faz as refeições sozinho. Tayeb bocejou, depois dirigiu-se para o quarto. Naïma me anunciou que eu tinha que dormir com eles, pois a cozinha estava infestada de baratas. Estendeu três mantas grossas no chão e me enfiou uma das almofadas do sofá embaixo da cabeça. "Vai, agora dorme."

Não sei se foi a alegria de ter revisto minha irmã ou o fato de mudar de cama, mas tive dificuldade para adormecer. Quando eu estava conseguindo, a cama começou a ranger. Barulhos engraçados acompanharam os estalos da madeira nova.

O casamento, eu sabia, também é uma questão de sexo, mesmo se as pessoas viviam tentando nos fazer acreditar no contrário. Se elas se esfalfam para casar meninas e meninos, gastando fortunas em dotes e enxovais, celebrando bodas com gastos altíssimos, é porque os homens e as mulheres têm medo do escuro e precisam de companhia. Se se trancam num quarto, é simplesmente por hábito. Se dormem juntos na mesma cama, é só para se manterem aquecidos. Se as mulheres ficam grávidas, é que essa é a vontade de Deus. E se elas se embelezam à noite, meia hora antes da chegada dos maridos do campo ou da oficina, é para acolhê-los à porta de casa, enfeitadas de khol *e hena. Pois bem, não! O casamento, esse grande negócio, é isso também: os rangidos de um colchão que aumentam num crescendo, os suspiros ruidosos do cunhado, a docilidade da minha irmã que abria as pernas sem protestar. O casamento são essas ordens de proprietário, curtas e precisas: "Abra as pernas", "Vire", "Deite". São essas palavras sussurradas, alucinadas e apavorantes de verdade: "Está queimando", "Isso, mame em mim", "Ah, gosto de você assim".*

Naïma não precisava falar. Seu marido alardeava o prazer dela e o dele próprio, enquanto os rangidos se confundiam com seus arquejos estrangulados. De repente, ouvi um suspiro longo e profundo. Era Naïma que gozava. Uma espécie de náusea misturada com espasmos me sacudiu o ventre. Com os olhos cheios d'água, compreendi o quanto eu odiava Naïma. Eu queria estar no lugar dela, debaixo do púbis de Tayeb.

No dia seguinte, ao me despedir dela, evitei olhá-la nos olhos. No caminho de volta, não parei de cerrar os dentes e os punhos, dizendo a mim mesma que um dia eu também faria rangerem camas imensas como os campos de Imchouk. Farei meu marido gritar de prazer, tão tórrida será minha boceta, cáustica como as ondas escaldantes do chergui,[1] *apertada como um botão de rosa. Assim me havia prometido Driss em sua primeira aparição na ponte do rio Harrath.*

---

[1] Vento leste, do Marrocos.

Na penumbra do apartamento de Driss, as sestas tinham gosto de orchata e melancia. Meu amante lia, nu, deitado num velho tapete persa, e eu sonhava acordada, a cabeça apoiada em sua coxa, deitada na diagonal. Ele ria quando uma frase gaiata lhe confirmava seus preconceitos libertinos.

— Ouça essa: "Uma boceta tem mais necessidade de duas picas que uma pica de duas bocetas." Parabéns! Bem pensado e muito bem dito! Essa também é bem boa: "Cada boceta traz, desde que nasce, os nomes de quem vai comê-la." Perfeito!

Os omíadas de Damasco, os abássidas de Bagdá, os poetas de Sevilha e Córdoba, os bêbados, os corcundas, as putas, os saltimbancos, os leprosos, os assassinos, os opiômanos, os vizires, os eunucos, os veados, as negras, os saldjúcidas, os turcomenos, os tártaros, os barmas, os sufis, os kharidjites, os pregoeiros que vendiam água, os cuspidores de fogo, os domadores de macacos, os rejeitados e os imbecis corriam pelos quartos, gritavam sob tortura, subiam nas cortinas, mijavam nos copos de cristal e esporravam nas almofadas bordadas a fio de prata. Eu via Driss intimá-los para que se calassem, fazê-los atravessar aros de chamas, agarrá-los em pleno deserto e resgatá-los, cheios de escaras e piolhos. Eu os via comer figos rachados pelo sol e peras de duas cores, sonhando com surubeiras vestidas de brocado. Ele tinha as Salouas e Najats a seus pés. Eu só tinha a ele para adorar.

Elas vieram na noite em que ele me regou com champanhe, colhendo sua embriaguez no meu umbigo. Eu sentia o orgasmo subir quando elas bateram à porta, ligeiramente bêbadas e maquiadas como para uma festa. Só tive tempo de me cobrir com um lençol antes que elas se instalassem e acendessem seus cigarros. Saloua tinha o olhar devasso, tendo adivinhado minha nudez bem como minha contrariedade. Driss nem se dava ao trabalho de esconder a ereção.

— Nossa! A sua mulher não deixa mais nada para ninguém! E você não se cansa de trabalhar! Não tem vontade de comer a minha mulher, para variar?

Saloua me horrorizava, mas, curiosamente, sua linguagem me excitava. Ela falava como homem. Em seu canto, Najat já tinha desabotoado o sutiã e Driss aguardava o que vinha depois, o sexo invadido de estremecimentos impacientes. Um rio de lava e desejo me varreu a barriga e a cabeça.

Tranquei-me no banheiro. Antes de tornar a me vestir, olhei-me no espelho. Vi uma mulher descabelada, de olhos esgazeados. Peguei o clitóris com dois dedos, em pé, ferida pela mordida do desejo, um pé na beira da banheira, outra dobrada sob a violência das sensações. Inchado e dolorido, ele palpitava como um coração enlouquecido. Eu tinha os dedos pegajosos de um líquido transparente que cheirava a cravo. Embora me esforçasse, não consegui gozar. Estava com muita raiva. Muito apaixonada e muito séria, também. Atordoada, tentei livrar meu clitóris, meu único recurso de sedução, de seu estojo de pêlos, só para ver do que ele era capaz. Pois bem, não era capaz de nada! Estava ali, vermelho e ridículo, exigindo a língua de Driss para endurecer e seu sexo para entrar em transe.

Voltando à sala, vi o sorriso de soslaio de meu homem, infame. Como se ele tivesse adivinhado a urgência que se apoderara de mim e me fizera sair da sala cheia de risadas roucas. Como se soubesse que a siririca não tivesse me dado o menor prazer. Ele dava um beijo na boca de Najat, a amante titular de Saloua, a mão enfiada no meio de suas coxas. Saloua estava atirada no sofá. Recostada nas almofadas, ela fumava fazendo-se de distraída, quase adormecida. Mais tarde, soube que seu cachimbo estava lotado de haxixe, fornecido por Meftah, o anão que era porteiro de seu edifício.

Tornei a pôr o disco de Esmahan. "*Imta ha taarif imta, inni bahibek inta...*" Os estalos desfiguravam a voz da cantora libanesa, egípcia por adoção, morta muito cedo num acidente de carro. Pus-me deliberadamente ao lado de Saloua para indicar-lhe que ela não me impressionava muito, e fumei, de olhos fechados, meu terceiro cigarro. Eu não queria ver Driss brincar com os mamilos de Najat nem adivinhar que seu dedo já havia aberto caminho pela intimidade dela. Estremeci quando o ouvi dizer distintamente: "Você não fica molhada. Vou aí com a minha saliva."

Saloua botou ostensivamente a mão, pesada como chumbo, em meu joelho. "Não", eu disse, me levantando. Não, repeti a mim mesma subindo o boulevard de la Liberté para a casa de tia Selma. Não, retruquei para minha cabeça que me apoiava, anuviada, que o amor jamais apresentava contas e não dava veredictos. Não, berrei em meus sonhos com Driss, que me dizia que aquilo era brincadeira e que só gostava de mim. Quando acordei, disse a mim mesma que Driss era uma ratoeira e dela eu precisava escapar. Eu sabia que, se decidisse ser a coveira desse amor, eu também precisaria carregar o seu cadáver, vagar quarenta anos no deserto, depois reconhecer, vencida, que, de cadáver, eu só levava de fato o meu.

Hazima, a colega de dormitório

Foi o liceu que pôs Hazima em minha cama. Ou antes, o internato onde se ouviam as meninas se arrumando, suas manias, seus rituais de higiene e suas brigas. Em minha casa, minha mãe nunca usou saia nem sutiã. E eu admirava essas coisas. Confundia assim roupas e corpos e, desejando aquelas, não tinha nenhum escrúpulo em admirar estes. Essas peles novas, esses peitos que enganam, essas ancas que se projetam da infância para arranjar um lugar ao sol, tudo isso me dava uma curiosidade louca e uma certa inveja.

Uma noite, Hazima, a menina mais linda do internato, a mais assanhada também, levantou as cobertas e enfiou-se em minha cama.

— Esquente as minhas costas — ordenou-me.

Obedeci-lhe. De uma forma muito mecânica para seu gosto, uma vez que ela protestou:

— Devagarinho! Você não está cardando lã, que eu saiba.

Acariciei sua pele, a mão molhada e aberta. É verdade que ela era sedosa. Seu cetim estremecia sob meus dedos e os sinais ondulavam quando eles passavam.

— Mais embaixo — disse.

Fui até o arco dos rins. Ela estava rígida. Depois, levantei-me, apoiada num cotovelo, e me inclinei para olhá-la. Ela dormia de punhos cerrados.

Isso recomeçou no dia seguinte, e nos outros. Ela adormecia todas as vezes, ou fingia. Um dia, virou-se de repente e me ofereceu o peito que apenas despontava. Fui de um seio ao outro, arrepiada. Era como se outra mão acariciasse meu próprio peito. Outra noite, tomei coragem e enfiei-lhe um dedo no sexo que começava a criar pêlos. De repente ela arqueou o corpo, tomada por convulsões, e tive que abafar com a mão seus gemidos de moribunda. Hazima era melhor que Noura, mais solene, mais frutada.

Com o passar do tempo, meus encontros noturnos com Hazima tornaram-se diários. Fingíamos dormir juntas para "nos esquentar", sem que isso espantasse o dormitório. Quando fiquei adulta, sorri com a idéia de que, no fim das contas, o dormitório não passou de um lupanar farfalhante, e isso na cara da vigilância e nas barbas do regulamento interno.

Em sala de aula, eu morria de tédio, os estudos me pareciam um exercício mais lucrativo para os citadinos do que para a rural que eu era. Difícil converter aos méritos do saber uma descendente de gerações de analfabetos e que se orgulhavam de sê-lo! Diante de minha indolência, meus professores ficavam com um ar de irritação, mas eu não tinha a menor vontade de agradar-lhes. Passava o tempo olhando as nuvens passarem e esperando Hazima.

No entanto, nos separamos, Hazima e eu, no fim do ano, sem palavras, sem lágrimas nem juras. Na nossa idade, amar não tinha nenhuma conotação e masturbar alguém do mesmo sexo não tinha nenhuma conseqüência. O sexo é um ib, *uma indecência só cometida entre homens e mulheres. Hazima e eu só estávamos nos preparando para acolher o macho.*

Meu corpo, por seu lado, mudava num ritmo tão vertiginoso que me parecia difícil alcançá-lo. Alongava-se, espichava, vestia-se e se arredondava até mesmo enquanto eu dormia. Parecia com esse país que se dizia meu, novo e bufando de impaciência, recém-separado dos colonizadores sem deles se ter divorciado. Fábricas de tecido eram inauguradas no Norte, ameaçando arruinar meu pai, e rapazes, recém-satisfeitos e instruídos, começavam a achar o interior ingrato, muito estreito para suas cabeças recheadas de equações, de slogans *socialistas ou de sonhos pan-arabistas.*

Fiquei curiosa em relação ao meu corpo, depois de o ter sido exclusivamente em relação a meu sexo. Examinava meus pés, que eu achava muito chatos, consolava-me admirando minhas juntas finas e meus dedos esguios, herança de minha mãe. Meu peito se intumescia, cheio de seiva, insolente. Uma penugem sedosa recobrira meu sexo tão rechonchudo que às vezes transbordava da calcinha. Ele agora me enchia a mão e batia na palma como as costas de um gato que se espreguiça. Eu tinha a pele doce sem ser delicada, cor de âmbar sem ser morena. Meus olhos quase amarelos chamavam atenção. Assim como o sinal que eu tinha no queixo. Porém, mais que o rosto, era meu corpo que gritava sua beleza escandalosa.

Foi minha boceta que encerrou meus estudos, Hmed o notário babando de impaciência para possuí-la.

Ele só teve a casca, tendo a polpa se reservado para os dentes e o pau de Driss.

Fugir. Romper com Driss. Esquecer o desejo. Abjurar o prazer. Admitir o medo. Olhá-lo nos olhos. Dois cães de cerâmica. O pavor de amar. O de gozar. Vomitar e se admitir permeável ao ciúme. Ao ódio. Jamais se admitir capaz de acompanhar Driss em suas travessuras e seus caprichos. Não ficar rondando a panela de medo de nela cair. Eu sufocava e me negava a falar ao telefone com meu amante.

Ele acabou me encurralando, me embarcou à força em sua DS preta e me levou para jantar no porto. Eu me neguei a tocar nas trilhas e nos camarões. Ele se embriagava metodicamente com cerveja.

— São elas ou eu!

— É você e elas ao mesmo tempo, sem discussão.

— Eu não sou seu objeto nem sua empregada para todo serviço. Não fugi de Imchouk para você me transformar em capacho.

— Você fugiu de Imchouk porque Imchouk não lhe bastava mais. Porque sentia minha falta e me queria.

— Não era você que eu procurava.

— Ah, era! A mim e só a mim. Com minhas taras e minha pica meio torta quando fica dura.

— Não amo mais você.

— Não é o que diz a sua boceta quando estou lá.

— Ela mente...

— Jamais uma boceta soube mentir.

Eu lançava olhares enlouquecidos em volta, temendo que um dos criados ouvisse Driss me dizer seus palavrões. Felizmente, estávamos sozinhos na pérgula, pois o ar frio do mar desencorajara os outros clientes, que desistiram de se instalar no terraço.

— Você vem para casa comigo hoje.

— Não.

— Não me obrigue a gritar.

— Não me obrigue a ficar olhando você fazer amor com essas duas putas.

— Só faço amor com você!

— Está me gozando!

— Puxa vida! Você não entende nada. Não entende!

— O que quer? Sou só uma camponesa e você um senhor feudal muito complicado!

— É isso que a incomoda?

— O que me incomoda é que você não me respeita nada!

Ele começou a gritar. Eu me levantei para ir embora. Ele me alcançou no caminho. Entrei no carro sem uma palavra, oprimida. Ele ia a toda. A barreira da passagem de nível começava a baixar e se ouvia o apito estridente de um trem que chegava à nossa direita. Ele pisou no acelerador dizendo: "Agora!" A luz ofuscante do trem me acordou. Gritei:

— Não! Não, Driss! Não faça isso!

Batemos na barreira e o carro repicou nos trilhos dez segundos antes da passagem do trem. Uma guinada brusca nos mandou para as moitas, a dois metros da lagoa. Os fios de alta tensão se avermelhavam no alto, ameaçadores. Desde então, sei com o que se parece o Apocalipse.

Não chorei. Não me mexi. A testa no volante, Driss respirava forte, fungando. Abri a porta depois de uma eternidade. Comecei a me arranhar o rosto, das têmporas até o pescoço, como eu vira todas as mulheres da minha tribo fazerem quando sua dor arrebentava o coração do céu. Cada ferimento fazia minha cantilena subir um tom:

— Por suas putas. Por minha vergonha. Por minha perdição. Por ter conhecido você. Por tê-lo amado. Por Tânger. Por sua trepada. Por sua pica. Por minha boceta. Pelo escândalo. Por nada.

— Eu lhe imploro, pare! Pare, estou dizendo! Você vai se desfigurar!

Eu tinha sangue até nos cotovelos.

— Me leve de volta para a casa de tia Selma — eu lhe disse, exausta.

Ele me limpou o rosto e os braços com uma fralda da camisa, foi até a clínica mais próxima, de onde saiu com frascos e compressas. Adormeci em seus braços, as faces emplastradas de iodo e creme cicatrizante.

Passei uma semana sem pôr o nariz fora de casa, quando fui sua filha, sua avó e sua boceta. Cada vez que montava nele, eu via seu coração, um céu onde passavam cometas com a cauda coberta de neve, uma sarça ardente metida no centro como um dragão. Driss delirava com as mordidas de minha vagina, molhado de suor: "Sua boceta! Sua boceta, Badra! Sua boceta me perdeu!"

No fim da noite e de minha solidão definitiva, coberta de sal e de esperma, eu lhe disse:

— Agora, posso ver você comer as putas sem chorar.

Fomos à casa das lésbicas como dois gatos siameses que miam uma fome mentirosa. Najat nos abriu a porta, de penhoar. O ar recendia a Chanel nº 5 e orgasmo feminino. Saloua estava na sala, branca e nua, a calcinha ostensivamente jogada num braço da poltrona.

Olhou-me, divertida, com um certo desprezo.

— Nós também às vezes nos trancamos durante três dias seguidos para fazer uma farra. Mas, sabe, não somos sectárias! Sempre recebemos Driss de pernas abertas. Vinho ou champanhe?

— Água — respondi.

Najat serviu um uísque para Driss, pôs uma garrafa d'água, um copo de pé e uma bandeja de frutas na minha frente.

Saloua tornou a vestir a calcinha, enfiou um robe de seda. Acendeu um cigarro, tomou um gole do seu vinho tinto, depois sentou-se à minha esquerda, entre Driss e mim.

— Badra, você é linda mas boba! Boba até não poder mais. Acha que é a única que ama. Mas você sabe amar, para início de conversa?

— O que eu faço ou não faço não lhe interessa.

— É óbvio. Mas admita que outros podem ter os mesmos sentimentos que você sem ter as mesmas atitudes.

— Não quero fazer como os outros.

— Porque a gente cobra, você acha que Najat e eu somos umas boçais e umas putas. Ser puta não significa não amar sua profissão. Não amar pura e simplesmente. Eu amo os homens. Najat aprendeu a aceitá-los. E porque a amo, gosto mais de trepar com ela do que de ser comida pelo próprio Farid el-Atrach.

Ela recomeçava a me horripilar apesar de minhas boas resoluções.

— Sei que você está aí por causa de Driss.

Ela acertara na mosca e sabia disso, pelo silêncio de Driss e minhas mandíbulas crispadas. Najat fazia as unhas assoviando.

— Sou como o vinho, Badra! Mais dia menos dia, você há de vir cá só para saber o que o seu homem encontra nisso.

Ela se encostou em mim. "Não me toque", eu lhe disse. Driss se levantou e olhou Tânger através das cortinas. Ela se levantou um pouco e, traidora, me prendeu embaixo dela. Com dois movimentos dos quadris, ajustou seu sexo ao meu e começou a me massagear o montículo com um movimento tão amplo quanto preciso. A lembrança de Hazima brilhou brevemente como uma brasa embaixo de minhas pálpebras fechadas. Meu coração disparava. Eu não esperava isso. Apavorada, senti meu sexo reagir. Ele pulsava contra o de Saloua, louco de desejo. Sem compreender o que me acontecia, senti seu dedo médio se enfiar em mim. Com a mão esquerda cheia de anéis, ela abafou o meu protesto. Durante um minuto, sofri a violação ardente do seu dedo que ela manteve teso e conquistador em meu sexo aberto e molhado. Eu não era mais virgem, mas tremia com a mesma raiva e a mesma vergonha. Num relance, vi Driss se debruçar sobre Najat. A protuberância de sua braguilha era eloqüente.

Meu segundo homem me abandonava. Ele também me entregava para ser violada, agora por mãos anônimas e sem amor.

— Largue a minha amante, Driss — gritou afinal Saloua, exibindo o dedo lustroso que ela acabava de retirar do meu corpo. — É esta aqui quem quer você. Não sou louca para achar que ela está molhada por minha causa. Venha comê-la e vamos acabar com isso! Senão, sobre a cabeça de Dada, eu a como, na sua frente. Estou com o grelo duro e o sexo dela me chupa por baixo da calcinha, como a boca de uma criança de peito. Meu garoto, o seu caralho não deve se chatear fodendo essa aí — decretou ela, lambendo, gulosa e sarcástica, seu dedo médio violador.

Da braguilha aberta de Driss surgia um tição avermelhado. Uma gota brilhava na crista grossa. Bobamente, pensei pela enésima vez que o *tahhar* lhe talhara uma bela pica. Ele se postou, senhorial, à minha frente, e eu o tomei, envergonhada e cachorra, nos lábios. Fora ele quem me ensinara a chupar direito um pau. Eu gozava a ponto de esquecer o dia do Juízo Final. Gozava e rezava ao senhor: "Por favor, não olhe! Por favor, me perdoe! Por favor, não me proíba de pisar em Seu Reino e rezar ali mais uma vez! Por favor, livre-me de Driss! Por favor, diga que é o meu Deus único e não me abandonará jamais! Eu lhe imploro, Senhor, me tire dos Infernos!"

À minha esquerda, Najat mordia gritando o dedo sacrílego de sua amante que ria.

— Ela não! Uma mulher não! — berrava Najat.

Uma bofetada retumbante acalmou sua histeria de amante injuriada. Em minha boca, Driss tinha um gosto de sal e seu sexo era de veludo. Eu acariciava, amorosa e embriagada, os ovos, que ele tinha pequenos e duros, encolhidos numa evidente contração de prazer. Ele não dizia uma palavra, contentando-se em olhar meus lábios deslizarem e minha saliva escorrer ao longo de seu pau. Contra minha oração, vi Deus me ver e maldizer o sofrimento bobo que só os homens sabem infligir a si mesmos. Vi-o maldizer os estupradores de crianças, banir Satã de sua clemência, prometer-lhe vencê-lo e humilhá-lo, fazê-lo desfilar um dia diante da Criação inteira para que a Criação pedisse perdão pelo fato de uma criatura daquelas poder existir e depois acorrentá-la no inferno, sem que o Mal pudesse rir nem chorar.

Os seios empinados, o olhar perdido, Najat se deixava abrir pelos dedos ferozes de Saloua. Em pouco tempo, foi toda a mão que tomou posse de seu corpo dilacerado num estertor de desejo amargo e abertamente amoroso: "Você é só uma puta. Minha puta querida nunca satisfeita", arrulhava Saloua. Seu nariz tocava o clitóris duro como uma bandeirinha arroxeada, enquanto sua mão manipulava o corpo liquefeito de sua dona cuja barriga eu via se franzir sob as sucessivas ondas de prazer. Driss me sustentava a nuca enquanto eu o chupava e eu me perguntava se ele iria ejacular em minha garganta quando ele me levantou a cabeça, terno e cúmplice. Murmurou: "Não pare, por favor. Sua língua... Seus lábios... Me diga que está gozando." Na verdade, eu estava toda molhada, mas me negava a lhe dizer isso. Najat delirava, os olhos revirados: "Agora, agora! Ai, amor, acabe comigo." Com um gesto brusco, Saloua retirou a mão. Najat gritou. Saindo prontamente da minha boca, Driss enfiou-se, sem consultá-la, na sua. Perplexa, vi Saloua abrir as nádegas do homem que eu amo e enfiar-lhe a língua no ânus. Quando os rios de esperma jorraram do pau que eu amo na boca da minha rival venal, gritei também, com a razão definitivamente transtornada.

No escritório, eu não fazia muita coisa, como antigamente na escola. Contentava-me em pousar a mão no teclado da velha Olivetti e olhava o prédio da frente, idiota e senil antes do tempo. A chuva caía devagarinho nos terraços, as gotas d'água rolavam, se enlaçavam, viravam filetes que escorriam pelas persianas, fazendo cortinas d'água para as butiques. Eu sonhava com o rio Harrath e com minha família que havia aceitado minha fuga, tendo as ameaças de meu irmão Ali se revelado *antariyyat*[1] sem conseqüência.

Em que Tânger havia me transformado? Em uma puta. Uma puta em todos os aspectos igual à sua medina que mesmo assim eu amava bem mais que sua parte européia, marcada por meus passos e pelos de Driss, o despreocupado. Os aristocratas que outrora moravam dentro da casbá abandonaram-na por prédios à européia e pavilhões encarapitados em outeiros elegantes, com vista para o mar e motoristas enluvados para dirigir os automóveis. Deixavam para trás suntuosas moradias com lustres tão pesados que nenhum teto moderno poderia agüentá-los, paredes pintadas a folha

---

[1] Gesticulações heróicas, com referência ao herói lendário, Antar ben Chaddad, conhecido pela força física.

de ouro, pátios e terraços cheios de cerâmicas cujos desenhos desbotavam, lambris incrustados de estuque que poucos artesãos ainda sabiam trabalhar. Gente do interior como eu, com pressa de viver e pouco ligando para o fausto do passado, tinha vindo substituir os antigos proprietários e a medina apodrecia, fedendo a rato e urina de adulto.

Então descobri as virtudes da bebida. Custei a fixar minha escolha: vinho me dava azia, cerveja me dava diarréia e champanhe me deixava a cabeça zumbindo. Só uísque, com muita água, me fazia crepitar como um fogo de bétula e me poupava das vertigens da ressaca. Eu apreciava as marcas mais raras, as mais caras, o que divertia Driss.

— Tem razão, minha pomba! Já que é para pecar, é melhor escolher as indignidades que não têm preço. Não se rebaixe nunca, minha amêndoa, se entretendo com o que é medíocre e se contentando com o que é comum. Você ofenderia os seus anjos da guarda se acabasse levando uma vida barata.

Hoje meus pecados são muitos, pensei. Quando foi a última vez que rezei, fiz minhas abluções? Ri por dentro: pagã, eu me prosternava cinco vezes na direção de Meca. Convertida ao amor e às fraturas, eu dirigia a Deus minhas súplicas no meio da trepada ou então debaixo do chuveiro. Muçulmana, eu? Mas então esse homem, essas mulheres, esse álcool, essas correntes, essas perguntas, essa ausência de remorso, esse arrependimento que não vem? Só o jejum do ramadã permanecia intacto. Ele me purificava da angústia e me descansava do álcool. Decerto, o próprio ramadã se revelou impotente para me proibir o corpo de Driss, que não o praticava. Ah, ele respeitava minha penitência, mas não encontrava nenhum mérito nela. Eu não podia lhe dizer que, quando o sol se punha, meu primeiro gole d'água subia ao céu acompanhado de um único voto: que Deus aceitasse o sacrifício de minha sede e minha fome. Que soubesse que meu corpo ainda era capaz de Lhe ser fiel.

Mas fiz amor com Driss durante o ramadã, quebrando meu voto e traindo minha palavra. Tudo o que eu encontrava para dizer a Deus era: "Não olhe para mim agora. Olhe para outro lado, até eu terminar." Terminar o quê? Aquele ato sublime e infame durante o qual o pau de Driss batia em meu ventre, untuoso e luzidio. Entrávamos na cama, meu amante e eu, ele fumando o seu cigarro, eu a cabeça encostada em seu peito moreno, coberto de pêlos pretos. Eu o acariciava e tinha a impressão de embrenhar os dedos em um tufo de pêlos de mulher. Seu suor era o gozo do sexo mais lindo que uma mulher pode exibir a céu aberto. Ele aspirava a fumaça e eu a recuperava, diretamente exalada de seus pulmões, guardava-a nos meus, depois a soltava, buscando o prazer, impregnada de álcool e nicotina. Minha barriga fervilhava, não parava de soltar na minha calcinha e nos lençóis meu excesso de amor e de espera. Eu queria tê-lo o tempo todo dentro de mim. O tempo todo. "Fique aí! Não saia." Ele ria, brincando com meu sexo inundado da minha água e do seu esperma. Ele havia transformado meu baixo-ventre em uma boca que só queria segurálo, abrigá-lo para sempre. Cada vez que ele saía dali, eu lhe dizia "Fique", para não ver mais minha alma se derramar entre as minhas pernas, ridícula e banal. Eu não agüentava mais amar. Não agüentava mais querer deixá-lo.

Na véspera do Aïd, quando as crianças corriam gritando pelas ruas parcamente iluminadas e jogavam suas bombinhas nas paredes inchadas de umidade, Driss me abordou com uma de suas tiradas brilhantes, a última antes da ruptura:

— Sabe — disse ele —, eu amo você. E não quero isso. A vida é uma pica. Ela levanta, é bom. Brocha, acabou.

É preciso passar para outra. A vida é uma boceta. Goza, é bom. Quando começa a se fazer perguntas, é preciso deixar para lá. A gente não deve complicar a vida, meu rouxinol. Uma pica. Uma boceta. Ponto. Quando você vai entender?

— Estou me aplicando, sabe. Um dia, de tanto escutá-lo, poderei afinal deixá-lo.

— Me deixar para fazer o quê? Não, você não vai conseguir dispensar esse pau que tem tesão em você sempre e não pára de escorrer no meio das suas nádegas sem que você consinta em lhe dar sua olhota.

— Eu não odeio você o bastante para lhe oferecer minha bunda.

— Me odiar? Olhe, você cansa com suas palavras solenes de amor e sua cara de atriz trágica! Está começando a me irritar com os seus "Amo você", "Odeio você", "Um dia, largo você"! Eu nunca menti e sempre lhe disse: "Eu sou assim: tenho tesão, como, esporro, gozo, esqueço." Quem a excita? Quem lhe sobe à cabeça?

Evidentemente, ninguém. Nem mesmo as leituras recentes que Driss me impusera, tais como sua Simone de Beauvoir, seu Boris Vian e seu Louis Aragon. Nem essas canções francesas que ele chamava de "canções com texto", pomposas e pretensiosas. Ele só jurava por Léo Ferré. Eu encontrava mais maciez na voz da outra, a Greco. De qualquer maneira, só Uum Kulthum fazia estremecer todo o meu ser. O resto das vozes recebia quase sempre da minha parte uma banana irritada e um "pff" exasperado. Ele me chamava de árabe quadrada. Eu lhe dizia: "Vá se foder", entre os dentes.

E depois, Driss me falou de Hamid. Estava um dia lindo em Tânger e a manhã daquele domingo incitava à preguiça e ao aconchego. A farta bandeja do café da manhã me fez pensar que eu passava mais tempo na casa do meu amante do que na de tia Selma, que quase não falava mais comigo. Naturalmente, eu tinha vontade de fazer amor, mas Driss queria outra coisa. Queria se masturbar na minha frente.

A cabeça do seu pau saltava, maciça e vermelha, e o membro, magnífico, exibia suas veias inchadas, intumescidas de sangue, triunfante. Eu olhava fascinada e mais perturbada do que gostaria de confessar. Driss pegava-o delicadamente, apertando a glande entre dois dedos, depois tornava a segurar o membro inteiro, a mão terna e maternal. Pela primeira vez na vida, eu me dei conta, da maneira mais totalmente material e física, que meu clitóris estava em ereção e despontava entre meus lábios, faminto. Nunca mais acreditei, depois dessa descoberta, na passividade feminina. Sei quando fico molhada, tremo e sinto tesão, mesmo se continuo de pernas fechadas e com a cara plácida.

A mão de Driss envolvia o membro, apertando-o como eu nunca soube fazer. Ele ia ejacular na minha frente sem que meus seios nem meu sexo tivessem a menor importância. Se podem se dar tanto prazer sozinhos, por que os homens fazem questão de nos penetrar? Eu queria cobri-lo com meus lábios. Ele recusou. "Não", disse, massageando-se do meio até a ponta, apaixonado por seu pau que sabia belo.

— Não, as mulheres não sabem tocar punheta — explicou ele. — Só chupar. E ainda assim! É pior do que com um homem.

Transformar-se em estátua de sal. Isso também eu sabia fazer agora.

— Você trepou com homens?

— Meu amor, meu suco de manga e de mirtilo selvagem, o que você acha? Sim, um cara me chupou. E é tão bom que me pergunto se não vou renunciar às mulheres.

Seu pau parecia o de um jumento de tão grande, transbordando de sua mão direita e escorrendo um líquido transparente.

— Por que faz cara feia? E você, então?

— Eu, o quê?

— Você não protestou quando Saloua enfiou a língua na sua amêndoa, na última vez.

— Porque o senhor preferiu esporrar numa outra amêndoa que não a minha.

Ele riu, me beijando na boca.

— Você está melhorando, sabe! Está começando a falar como eu. Adoro sua obscenidade de menina-moça. Mais um esforço, e você poderá deixar os guardiães da virtude com hemorróidas. O ideal seria você escrever um monte dessas grosserias finíssimas e as pregar nas paredes. Mas fique sossegada: sou louco pela sua amêndoa, minha virgem molhada de gozo, e se lhe desse vontade de gozar com a velha lésbica mercenária, eu não a censuraria de maneira alguma.

— Isso não me interessa.

— Pare, neném, pare! Odeio que mintam na minha frente, você sabe muito bem. Será que estou mentindo quando lhe digo que o cu de Hamid é magnífico? Parece uma xoxota, de tanto que escorrega! E o tição dele, então!

— Eu devia ter entendido que você era homossexual até os fios dos cabelos no dia em que Saloua lhe enfiou a língua na bunda.

— Epa, eu não sou bicha, mesmo achando que cada um é livre para usar o rabo como bem entender! E se Saloua me enfiou a língua no buraco do cu, é porque os homens se abrem por aí quando ejaculam. É preciso lhe ensinar tudo, minha pomba. Essa bisca da Saloua brincou com muitas picas e muitas bundas para não conhecer essa regra elementar do prazer. Você não ousa. Não ousa nada.

— Você não tem vergonha? De ser enrabado?

— Eu gosto de trepar. Gosto de xoxotas escorrendo como uma omelete. Gosto do meu pau que está aí na sua frente, prestes a explodir. No que diz respeito à sua cara moral, saiba que nunca toquei numa criança nem numa virgem. Quanto a Hamid, ele não me enraba. Só me faz provar um pouco do paraíso.

— O que Tânger vai dizer do seu médico brilhante?

Ele deu uma gargalhada, abriu bem as coxas e triturou a ponta do sexo, a ponto de sucumbir.

— Você é boba... É inocente... Tânger está se lixando solenemente! Basta que as aparências sejam mantidas! Não me obrigue a lhe desfiar a lista dos homens casados com quem você cruza nos salões elegantes e que se fazem comer a cada sesta por algum *h'bibi*[2] bonitinho em suas alcovas de burgueses, com um fundo musical andaluz ou dos Stones! Que eles morram, de boca aberta! Fim de raça sujo que não acaba e vive desdenhando. Sem falar nas preciosas, casadas e para lá de avós, que adoram ser chupadas por lábios vermelhos e bem-nascidos! E depois, lá na sua terra, na Auvergne, eu ia dizer, vocês também fazem isso! Sem alegria nem delicadeza, aliás.

Eis que Imchouk agora ficava na Auvergne!

— Voltando ao que você falava, Hamid é casado e é fiel à mulher. É professor de história medieval e imbatível a respeito de Pepino, o Breve e Berthe dos pés grandes. O mais importante é que ele tem uma bunda de rainha. Até a mulher dele lhe dá mordidas ali quando ele toma banho e ela

---

[2] Amigo ou amante.

lhe esfrega as costas com uma luva de couro bem dura. Conheci-o em Fez, numa casa cheia de acácias, com um chafariz esplêndido plantado no meio do pátio. Era o quadragésimo dia de um morto requintado, meu primo Abbas, e eu zombei sem parar de Azraël, chocando os filhos do defunto, entristecendo seus amigos de cara crispada que farfalhavam em seus djelabas de seda, tinindo como um bidê, perfumados de almíscar, cheios da falsa piedade e das fórmulas de praxe que abomino. Recusei-me a provar do cuscuz ritual bem como dos *tajines* e dos doces que marcavam o fim do luto regulamentar. As mulheres eram murchas por baixo de seus *mise-en-plis*. Nem uma moça por perto. Elas estavam trancadas na cozinha e nos quartos do primeiro andar, fumando entre elas o seu tabaco açucarado e se acariciando discretamente os mamilos. A casa era imensa, e meu frasco de uísque estava vazio. Fui urinar e Hamid estava lá. Tremia quando me pegou na saída do banheiro, a pica cheirando a mijo quente e quase de mau humor de tanto que odeio compaixão, lutos mal usados, teatro e as frescuras de Fez. Minha mãe fingia dormir, tesa e falsa, entre as *baldiyya*[3] de sua raça e sua classe, no grande aposento do centro, todo de *zelliges*[*] amarelo-ocre, as cortinas pesadas e os espelhos envoltos em panos brancos.

Ele pegou minha mão e a pôs em cima do seu sexo:

"Das duas uma. Ou você me enraba ou eu enrabo você", disse.

Dei uma gargalhada.

"É culpa da vodca", eu lhe disse. "Vi você bebendo com Farid, lá em cima."

---

[3] Elite citadina.

[*] Pequeno elemento de uma marchetaria em cerâmica esmaltada usado na decoração monumental na arte magrebina. (N. da T.)

"Você não quer que eu tire as calças aqui, no meio da festa, nesse pátio de burgueses velhos mais para lá do que para cá, quase arruinados, já mumificados. Toque em mim e veja se é a vodca que me deixa com tesão."

Eu nunca tinha tocado num homem antes. Passei a mão na protuberância em suas calças. Para desafiá-lo, de brincadeira. Sua braguilha estava aberta e sua mulher conversava na sala com minha velha tia Zoubida. Acho que elas são primas de já não sei que grau. Éramos dois caras num pátio árabe e as estrelas brilhavam, próximas, ao alcance da mão.

Driss falava e fumava, o sexo exposto, rijo e afirmado. Era óbvio que sua ereção não era por minha causa.

— E aí?

— E aí o quê? Você que gosta de pica teria chorado ao ver o que tirei da cueca dele. Apertei a ponta lustrosa e ele sussurrou, triste de repente: "Estou com frio e a noite está linda." É preciso que você saiba que ele é bem forte e uma cabeça mais alto do que eu.

"Veado?", perguntei-lhe, apertando-lhe o membro.

"Mais ou menos. Um pouco, com os meeiros da fazenda da família e duas vezes em Amsterdã. Mas é a sua cabeça que me dá tesão. E a sua boca. Você deve chupar como um rei."

"Sim, quando uma racha me eletriza. Mas você não tem racha."

"Não, mas quero ser sua mulher. Depois, como você."

"Em pé ou de lado?", perguntei-lhe, sarcástico.

"Você está gozando com a minha cara", disse ele, esporrando na minha mão.

Em menos de cinco minutos, um cara tinha me paquerado, posto o pau na minha mão e gozado na minha cara, me dizendo que queria ser enrabado e me retribuir a cortesia.

— E aí?

O sexo de Driss estremecia de desejo, um monstro liberado. Ele não se tocava mais. Se olhava. Depois, me disse:

— E você, em que ponto está? Não agüenta mais, não é? Evidentemente, ninguém jamais se atreveu a lhe contar tais horrores.

— E aí?

— Não havia nada para fazer nessa casa árabe cujos menores cantinhos eram iluminados por falsos lampiões a óleo. Ele estava tão seguro de si, tão arrogante que o puxei para um canto da *driba** e lhe dei um beijo de língua. A ereção dele tornava a encostar na minha braguilha. "Você quer?" "Quero." "Amanhã às três da tarde lá em casa, no meu apartamento. Está bom para você? Você vai me deixar chupar?" Eu o imprensei contra a parede, o pau duro: "Vou enrabar você aqui mesmo se continuar a me excitar com esse seu jeito de falar de puta velha." Ele foi ao encontro da mulher, eu voltei para casa. Não preguei o olho, perturbado e não muito feliz por ter exagerado tanto. Lá pelas cinco da manhã, decidi dar-lhe o bolo. Ao meio-dia, minhas mãos começaram a tremer. Às três horas abri-lhe a porta antes mesmo que ele tocasse.

* Sala de entrada externa. (N. da T.)

Driss tinha tempo e dinheiro. Driss esbanjava-os sem remorso. "Vamos viajar", dizia-me, "viajar muito. Você vai adorar Paris, Roma e Viena. A menos que prefira o Cairo. Você deveria ir consolar seus irmãos egípcios pela surra que Israel acaba de lhes dar depois de ter conseguido cruzar a linha Barleev. Meus antepassados, que surra! Não? Palavra de honra, restam Túnis, Sevilha e Córdoba. Eu a levo aonde você quiser, querida. Sou seu humilde e fiel escravo."

Ele estava mentindo. Brincando. Eu não queria ir a lugar algum. E, de fato, nunca viajamos juntos.

— Não amo mais você, Driss.

— Agora é que você está começando a me amar, minha gatinha. Não seja ridícula. Temos tantas coisas para fazer juntos.

Fora amor, não tínhamos na verdade mais muita coisa para fazer juntos. O corpo está sempre um episódio atrasado, temendo os desmames, tão doloroso foi o primeiro. Odeio a memória celular por sua fidelidade canina que ridiculariza os neurônios e desafia alegremente o córtex e suas elucubrações. Foi minha cabeça, e não meu corpo, que me salvou. Ela me aconselhou a arrumar um apartamento imediatamente, mesmo que Driss pagasse o aluguel exorbitante.

Ele me ouviu, olhos franzidos, depois disse:

— Vamos fazer melhor, neném!

Escolhi os móveis, as cortinas e os tapetes. Driss comprou os bibelôs e uma cama japonesa grande que ocupou todo o quarto de dormir. Deu-me de presente meu primeiro elefante de marfim.

Hoje, são mais de cinqüenta barrindo na noite de Imchouk, meu cemitério eleito.

Ele não me avisava quando vinha, girava a chave na porta sem tocar a campainha, me encontrava em pé na frente da pia ou do fogão experimentando minhas próprias receitas de *tajines* e inventando novas variedades de aperitivos. Cabelos presos num lenço grande de um vermelho ou de um verde gritante, vestida com uma *gandura** larga e quase disforme, eu não deixava Driss me tocar, encostar na minha bunda nem me morder o ombro. Cozinhar me permitia esvaziar minha cabeça e me concentrar em outra coisa que não minhas feridas.

Ele acabou entendendo meus foras e se contentava, quase sempre, em me fazer companhia, bebendo tranqüilamente seu vinho, comendo suas azeitonas verdes e seus pepinos, trazendo-me as fofocas da cidade e me explicando as reviravoltas políticas que me interessavam moderadamente.

Driss sabia que eu não queria mais saber dele, mas se tranqüilizava vendo que ainda me deixava tão molhada quanto antes, mecânica física bem azeitada que começa a funcionar à menor carícia. Ele me penetrava devagarinho, o cabotino horroroso, com a metade do membro, e fazia com que eu balançasse em cima do seu sexo.

---

* Túnica sem mangas, usada por cima do djelaba sobretudo na África do norte. (N. da T.)

— Não embirre! Abra a boca para eu chupar a ponta da sua língua. Só a pontinha, meu damasco teimoso.

É claro que eu gozava. É claro que ele não ejaculava. É claro que eu pensava em Hamid. "Sou corneada por um homem", eu dizia para o espelho, mulher devastada que retocava o batom depois de cada visita de Driss.

Deixá-lo para ir aonde? Driss controlava Tânger. Estava em todo canto, o pau enfiado até no rabo dos homens. Eu parecia um cadáver depois da autópsia: um corpo remendado com linha grossa aguardando ser retirado do necrotério, uma etiqueta pendurada no pé.

Tentei explicar isso à tia Selma, que me mandou embora com três frases e dois olhares de desprezo.

— Não adiantou nada se mudar. Esse homem aparece quando quer, vem bisbilhotar para ter certeza de que você não tem nenhum amante. Ele come você entre duas surubas e dorme se lixando para você. Esse monstro comeu a sua juventude. Teve você porque é um citadino cheio da grana e a caipirinha de Imchouk adora lamber botas de aristocratas.

Lamber, disse a santa mulher! Assim mesmo, eu não podia lhe dizer que esse homem me fazia gozar por onde lhe apetecesse passar. Minha cabeça. Sua plataforma de estação.

— Você sabe ao menos que basta um porteiro da vizinhança dedurar à polícia para você ir em cana? — acrescentou tia Selma. — Mas o que estou dizendo? Esqueci que a madame está amancebada com o médico mais brilhante da cidade e é intocável. Você diz que ele a ama? Não, minha linda! Ele só ama o pau dele. E não me diga que não, senão dou com a cabeça na parede!

Será que esse homem me ama? Já me amou? Duvido. Ou então, à maneira dele: desenvolta, descolada, desesperada sob uma aparência alegre, gestos e roupas impecáveis, sua resistência ao álcool e sua cultura, infinita, acachapante, leviana no trato com o povo comum, extrema quando ele se encontrava só diante de seu silêncio, com ou sem mulher na cama ou nos braços.

Agora sei por que ele nunca conseguia dormir antes de ter terminado *Le Monde*, distribuído em Tânger com uma semana de atraso, seus clássicos árabes cujas tiradas brilhantes e burlescas ele não se cansava de reler, seus *thrillers* americanos, seus poetas franceses do período entre as duas Guerras Mundiais. Driss me ensinou a ler. A pensar. E eu queria lhe cortar a cabeça.

Sim, acabei compreendendo: o coração de Driss não tinha entrada. Ele era muito solitário, adorava as paisagens minerais, as vidas sem rima ou sentido, os espíritos transtornados, cuja conversa lhe fornecia matéria para riso e meditação.

Eu sangrava.

Sangrava e rugia enjaulada em minha cabeça, sempre furiosa. Recusei-me a atender aos telefonemas de Driss. Deixei-o plantado quando ele resolveu vir me buscar no trabalho. Todas as noites, eu tomava banho, abria as janelas, gritava até morrer e roía minha insônia como um rato enlouquecido pela sarna, pela peste ou pela sífilis.

Foi tia Selma quem me inspirou o remédio quando fui vê-la três meses depois de ter saído de sua casa da medina para me instalar no apartamento da cidade moderna. Eu tinha os braços carregados de presentinhos e uma cara de enterro.

Ela falou de tudo, de sua dor de dente, do casamento da filha da vizinha. Depois concluiu num tom firme, balançando a cabeça.

— Não diga nada. O médico proibiu que eu me irritasse.

— Está decidido: vou largá-lo.

— Pronto, lá vem ela de novo! Vai largá-lo para fazer o quê? Voltar ao ponto de partida? Pelo menos você guardou algum dinheiro? Claro que não! E o seu cafetão? Será que ele pensou em lhe garantir uma casa? Será que vai ser muito pesado para ele lhe comprar esse apartamento onde ele a come sem contrato nem testemunhas?

— Eu não sou nenhuma puta, tia Selma!

— Pronto! Meu coração dispara e minha pressão chega a 19! As putas ganham michê, boba! Ele a come há dez anos de graça! Ele a seqüestra. E não me diga que você trabalha. Ele só a deixa respirar um pouco de ar puro. Cadê a sua coleira?

Enfezada, ela acrescentou num tom sem vida e casual:

— Dê um jeito para que o seu cão raivoso compre esse apartamento e o ponha no seu nome. Faça isso por mim. Quero dormir sossegada no meu túmulo.

Chorei. A morte de tia Selma era demais para mim. Eu não podia imaginá-la estendida na grande tábua do *maghssal*,[1] uma lavadeira debruçada sobre seu corpo, recitando o Alcorão enquanto enxaguava seus cabelos louros com água morna perfumada de *atr*,* essa fragrância macabra reconhecível entre todas. Eu não queria vê-la adormecida e morta, uma tanga branca enrolada na cintura, protegendo sua intimidade do olhar forçosamente turvo da lavadeira experiente e que a envolverá, uma vez terminadas as abluções fúnebres, numa mortalha imaculada logo após ter-lhe tampado o ânus e as narinas com algodão hidrófilo. Eu não queria beijar sua testa fria e lhe sussurrar: "Me perdoe como eu a perdôo", antes que levantassem o corpo e que subissem os gritos das mulheres, seus soluços e os "*Allahu Akbar*" dos homens. Eu preferia lhe pedir perdão logo e lhe dizer, arrependida: "Gosto tanto de você, tia Selma."

Ela se levantou, levou a mesinha baixa onde estavam os copos de chá, indicando-me o fim da visita. Acompanhando-me até a porta, tia Selma assoou-se e disse, quando eu lhe dava um beijo na têmpora:

---

[1] Espécie de estrado sobre o qual se lava o morto.

* Gordura de flor. (N. da T.)

— Lembre-se que só um homem é capaz de cortar o pau de outro homem. Vá, Deus a proteja.

A receita era conhecida: arranjar um amante para me vingar de Driss. Acordei no meio da noite na cama, suando frio e totalmente lúcida. Tia Selma, vou fazer melhor do que arranjar um amante.

Não precisei pedir a Driss para pôr o apartamento no meu nome. A iniciativa partiu dele mesmo, depois que extraí sua pica da minha cabeça para pendurá-la entre as guirlandas de alho e pimentas vermelhas secas que enfeitavam as paredes da minha cozinha.

Deixei passar alguns dias antes de revê-lo, fingindo-me de morta, refugiando-me na casa de uma colega divorciada que pintava o sete escondido em Tânger e era paga em moeda sonante. Quando o revi, eu havia remoçado dez anos, mudado o corte do cabelo, e estreava um *tailleur* de marca que ele me trouxera de Milão havia dois meses. Ele se esqueceu de me descompor, me festejou como se eu fosse uma donzela, me cobriu de notas novas e de música, implorando que eu lhe pedisse a lua. Pedi-lhe que mandasse Hamid vir de Fez e o convidasse para jantar. Ele riu, incrédulo:

— Para quê?

— Para nada. Só quero ver como ele é.

— Você vai trepar com ele?

Recebi sua pergunta com um sorriso.

— Depois das suas duas lésbicas, qualquer um pode trepar comigo.

Ele franziu o cenho. Parou de rir. Pela primeira vez depois que eu o conhecia, pareceu-me inquieto, desconfiando de sua criatura.

— Não, não acho que seja uma boa idéia.

— Por acaso você estaria com ciúmes?

— Por que não? Não quero que os homens fiquem rondando você.

— Hamid não é somente um homem. Também é sua mulher, não? Prometo que nunca vou trepar com uma mulher... sem o seu consentimento.

— Bom, agora pare com isso. Não gosto quando você se faz de cínica.

— Estou lhe pedindo para conhecer meu ou minha rival. Você me deve isso.

Só para se mostrar, ele insistiu:

— E se eu ficar com vontade de comê-lo?

— Pois bem, eu vou ficar olhando você. No ponto em que estou.

Nem Driss nem eu voltamos a falar no projeto durante algumas semanas. Eu simplesmente lhe recusava meu corpo, declinando seus convites para jantar e ignorando suas investidas. Ele gritou para mim um dia ao telefone:

— Vou acabar metendo num burro se você continuar não me dando bola.

— Estou certa de que o burro vai ficar feliz de lhe retribuir a cortesia.

Ele desligou blasfemando.

Acabou cedendo e fui eu que recebi Hamid na casa de Driss, no boulevard de la Liberté. Galante, Hamid se inclinou sobre minha mão, ajustou a gravata e disse:

— Há séculos quero conhecê-la. Driss me falou muito de você.

Driss não estava à vontade. Limitou-se a resmungar um bom-dia, serviu uísque e vinho rosê, alinhou seus pratinhos de porcelana de Limoges cheios de azeitonas verdes e pistaches, depois se instalou numa poltrona, carrancudo. Hamid lhe perguntou:

— É para mim que você está fazendo cara feia?

— Estou cansado. Tive um dia horrível no trabalho. Três pontes uma atrás da outra.

Sussurrei:

— Preparei uma *pastilla** de pombo. Com camarões grelhados de entrada e uma salada de pepino. Espero que vocês dois estejam com fome.

Eles não tinham fome e Driss estava na defensiva, vigiando meus gestos e meus olhares assim como os de Hamid. Tirei a mesa e Driss serviu os licores, acendendo um charuto para acompanhar o conhaque. Seu humor não melhorava.

Eu estava lavando a louça quando Hamid veio buscar gelo. Nossos dedos se tocaram em cima da torneira. Foi só isso que Driss viu quando chegou à cozinha para pegar uma toalha, disse-me ele mais tarde, às cinco horas da manhã.

Ele empalideceu e depois correu para cima de Hamid, puxando-o pela gola do paletó:

— Eu proíbo você de rondá-la! Está entendendo, sua bicha?

Hamid olhou-o longamente nos olhos, sorrindo de lado:

— Você está doente ou o quê?

— Sou um psicopata, um necrófilo, um antropófago e como a sua mãe se você se atrever a tocar em Badra. Essa daí é minha! Minha, senhor da Glande!

Hamid espanou o paletó, desamassou o colarinho da camisa e disse, lívido:

---

* Torta de massa folheada. (N. da T.)

— E eu, na sua opinião, sou o quê? Eu sou de quem?

Foi embora, teso como um gato ferido. Enxuguei os pratos e os copos, depois peguei minha bolsa, pronta para ir embora.

— Aonde você vai? Quem a autorizou a ir embora?

— Driss, você é ridículo.

— Não quero saber! Você mexe uma orelha e eu lhe meto uma bala na nuca.

Passamos a noite sentados cara a cara na sala, ele bebendo seu conhaque e eu contando os pontos. À meia-noite, aventurei-me a falar.

— Eu...

— Cale a boca! Odeio você, sua vadia! O que você acha? Que não sei o que você está armando? Pensa que sou o quê? Pensa que você é o quê?

— Você bebeu demais!

— Não me dirija a palavra, sua víbora! Você quer me cornear, é isso? Agora que a madame não fede mais a bosta de vaca e veste Saint-Laurent, acha que pode me sacanear. Nunca! Nunca, estou lhe dizendo! Eu furo os seus olhos!

Ele estava irreconhecível, horrível de ver. Totalmente fora de si.

— Você vai pagar por isso, Badra! É incrível!

Ele foi até a cozinha e voltou cinco minutos depois com uma corda de varal.

— Tire a roupa.

Eu usava uma *lingerie* de seda ocre e estava menstruada.

— Não se atreva a chorar — avisou ele.

Eu não tinha essa intenção. Queria acabar com aquilo. Ele me prendeu as mãos, amarrou-as aos meus pés por trás. Eu aceitava apanhar, ser estuprada ou ambas as coisas. Ele tinha dito a Hamid que eu era dele e só dele. Nada mais contava. Ao contrário, sua raiva me incendiava a alma.

Eu estava com a cabeça no chão quando ele apareceu com um prato de estanho. Três brasas ardiam ali, ameaçadoras. Ele sempre foi mais longe que minha imaginação, sempre ultrapassou minhas fantasias e meus pesadelos.

— Foi isso que Touhami, o meeiro, fez com Mabrouka quando ela se atreveu a me beijar no rosto em público no enterro da minha avó.

Ele me pedia para engolir a brasa.

— Touhami, o meeiro não é mais *rajel*[1] que eu! Touhami soube segurar a mulher dele. Soube treiná-la. Abra a boca!

Não hesitei. Queimei o queixo e a ponta da língua. Até hoje cicio um pouco por causa disso, uma característica que só um ouvido atento nota, mas como ninguém ouve...

Ele cuidou de mim, sem me desamarrar, me virou, de barriga para cima, depois me levou nos braços como uma noiva até a cama para me deitar ali. Não gemi. Não protestei. Eu não conseguia falar.

Então foi ele quem falou. E chorou durante horas. Bateu com a cabeça no chão e depois nas paredes.

— Você quer me deixar. Agora, sei que vai me deixar. Por quê? Claro que estou louco. Claro que não valho nada. Mas eu amo você, Badra. Minha mãe me abandonou quando meu pai teve o acidente na França na estrada das angras. E você quer recomeçar, fazer a mesma coisa. Está se vingando de que ou de quem? Por que nunca me pede para eu me casar com você? Por que nunca engravidou de mim? Porque nunca fiz você abortar? Todos os homens têm mulheres. Eu só tenho uma boceta que me bebe e nunca me diz: "Fique comigo! Me guarde só para você! Me proteja das picas e da crueldade do mundo!" Sim, você diz "amo você", mas à egípcia,

---

[1] Homem, macho.

com mel e tamborim. Eu odeio o Egito e quero que ele se foda! Me ame como você ama o seu rio Harrath, sua puta, e eu me caso com você agora mesmo!

Dizer-lhe que ele foi, sozinho, o meu rio Harrath e toda Imchouk? Dizer-lhe que ele foi todos os meus homens e todas as minhas mulheres ao mesmo tempo? Dizer-lhe que nunca pus os pés no Egito e não sou árabe, como ele acha, mas berbere até os ossos? Dizer-lhe que não sei como amá-lo como ele gostaria de ser amado e que ele não me ama como eu gostaria de ser amada?

Sim, fizemos amor, apesar de eu estar menstruada. Sim, chupei-o com a ponta dos lábios, a língua queimada. Sim, gozei. Sim, ele bebeu o meu gozo com lambidinhas de esguelha. Mas não. Ele não me desamarrou. Simplesmente me enfiou a escritura do apartamento entre os seios cobertos de chupões e mordidas antes do romper da aurora. O apartamento tinha sido posto no meu nome desde o primeiro dia.

Na rua, minha silhueta fazia as vitrines vacilarem. Homens me seguiam, às vezes grosseiros, quase sempre afetados pelo vinho e pelo sol. Pronto, eu dizia a mim mesma. Eles correm atrás da própria morte, pedem para ser decapitados com uma dentada. Só uma. Tânger já não cheirava a enxofre, mas sim a sangue fresco.

Conheci muitos homens depois do meu rompimento com Driss. Conhecer não é amar e amar havia se tornado impossível para mim. Inacessível. Eu não fiz isso imediatamente. Encontro após encontro, o amor me impelia como um membro fantasma. Com o coração amputado, continuei mesmo assim a suar nas mãos e a ficar com a cabeça zumbindo como uma abelha quando um encontro me parecia decisivo, uma cara sensível, uma dentição perfeita, um homem vibrante e carinhoso.

Depois a evidência ficou cada vez mais evidente: só o desejo me fazia correr e me consumir. Desejo de brincar, de matar, de morrer, de trair, de cuspir e de maldizer. De trepar também. Trepar como rir, esvaziar um copo d'água ou rir de nervoso diante do espetáculo dos sismos e das ondas de maré. Trepar se lixando inteiramente para os frascos. Não havia frascos. O corpo não existe. É só uma metáfora dolorosa.

Uma ilusão. Um jogo soberanamente aborrecido, mortalmente repetitivo.

Todos esses corpos que trepei como muralhas, de dois em dois, de três em três, de muitos em muitos, no vazio, no infinito, nada podiam fazer para mim já que eu não podia parar. Compreendi que amar não era normal nesse mundo e que meus homens deixarão para sempre minha alma aberta, por não ter entendido que minha vagina lhe servia de antecâmara ou de preâmbulo, e que não se entra nela como se vai ao bordel.

Gozei como me apeteceu, livre e solta. Os que se julgaram donos do meu corpo foram apenas seus instrumentos, brinquedos de uma noite, das bebidas alcoólicas mais ou menos fortes que só serviram para me encurtar as noites e enganar as enxaquecas.

Durante 14 anos, fui uma boceta. Uma boceta que se abre quando tocada. Pouco importa que o gesto seja ditado pelo amor, pelo desejo, pela cocaína ou pelo mal de Parkinson. O essencial era que minha cabeça ficasse de fora, que ela se recitasse poesias mortas, se contasse piadas picantes ou refizesse a conta das despesas do mês. Minha cabeça tinha obrigação de continuar firme, fechada e casta, esperando que o corpo-parceiro, o corpo-mercenário, o corpo-estrangeiro cruzasse novamente o umbral da porta e se embrenhasse na noite e suas cinzas frias.

Eu ia de residências de luxo aos fundos de lojas de comerciantes ricos, do mais profundo das alcovas aos becos pouco seguros. Cada vez que entrava na casa de um de meus amantes, eu sentia o abafamento das portas fechadas e das janelas seladas. E, por não abri-las para a claridade — pois eu temia os vizinhos, os transeuntes, as brigadas dos bons costumes ou a visita surpresa de um nativo da minha vila —, desenvolvi um instinto excepcional para identificar as saídas ocultas, o labirinto de pequenas ruelas que me levavam através da medina cujo traçado complexo estava à imagem das minhas aventuras... Viajei também.

Muito. Viajei muito e descobri muitos costumes, às custas dos meus amantes.

Invariavelmente, me canso. Invariavelmente, me aborreço. Invariavelmente, dispenso. Um sexo, mesmo o mais bem dotado, só tem interesse se me faz gozar. Estou me lixando se me falam de Nasser ou de Hajjaj Ibn Youssef, o sanguinário. Estou me lixando para política, genética, direito canônico e economia de mercado. Os homens falam e eu levo as mãos à cabeça. Espero que eles esgotem seu estoque de palavras e me comam demoradamente, com vagar, em silêncio. Quando minha vagina pára de babar seu prazer, viro as costas para quem acaba de me dar espasmos e orgasmos. Estou me lixando para o reconhecimento do baixo-ventre. Estou me lixando para a ternura e para a tristeza pós-coito. Só os autorizo a se calarem, dormirem ou irem embora. Quando a porta bate, me alegro. Ponho um disco de *jazz* ou de música andaluza. Depois da meia-noite, nunca ouço vozes árabes porque elas ficam me dando punhaladas. Os árabes me ferem mesmo quando se calam. São muito próximos, muito transparentes.

Já não conto mais as bocas beijadas, os pescoços mordidos, os paus chupados, as bundas arranhadas que hoje atravancam minhas gavetas.

Conheci muitas picas. Algumas grossas e outras preguiçosas. Algumas pequenas e outras valentes. Algumas agressivas e outras lascivas. Algumas desajeitadas e outras displicentes. Algumas loucas, outras moles e outras ainda sábias.

Algumas ternas e outras cínicas. Algumas atordoadas e outras deslavadamente mentirosas. Algumas morenas e outras louras. E até mesmo uma amarela e duas negras por pura gulodice.

Algumas me fizeram chorar de prazer. Outras me fizeram rir. Uma delas me deixou sem voz, tão ridículo era seu tamanho. Outra parecia uma tromba de tão enorme. Minha vagina se lembra de todas, torna a pensar em algumas com ternura, mas nunca com gratidão. Elas não fizeram mais do que me dar o que era devido. Felizmente, abandonei há muito tempo qualquer idéia de vingança. Senão, eu teria cortado todas.

Hoje, em suas noites de dor e de morfina, Driss me sussurra, sem atentar para a obscenidade da confissão: "Eu amo você. Nunca deixei de amá-la." Sei disso e é por isso que me dedico a podar a roseira e a alimentar os coelhos em suas coelheiras.

Ele me disse ter arrancado de dentro de si mesmo os votos de remorso. Disse-me ter cortado a própria língua. A minha não soube mais dizer "amo você" a ninguém, fora as árvores, as tartarugas e as auroras desbotadas que rompem justo antes de eu perder as esperanças de rever a luz e ouvir o galo cantar. Ele me disse ter cortado a própria garganta, mas é a minha que traz a cicatriz.

Quando deixei Driss, meu coração partido não demorou a se tornar múltiplo. Abjurando sua cara, fiquei prosaica, o rabo ao alcance do primeiro que chegasse, ou quase, recusando-me a deixar meus amantes compartilharem meu sono, minha última cidadela, uma vez despachado o amor físico.

O corpo dos outros é um deserto. No fim de alguns anos, todos se confundem. Aquele que masturbei às margens do lago Constança assim como o outro que não conseguiu me penetrar em nosso cruzeiro no Nilo. Aquele cujo cu eu quase arrombei com um consolo gigantesco assim como aquele de quem engravidei duas vezes por descuido. Houve um tempo em que eu variava de amantes segundo o ritmo das estações. Um a cada três meses. Eu gostaria que um homem tivesse bloqueado a catraca, diminuído a velocidade do meu motor potente demais para minha carcaça. Eu gostaria de ter encontrado um homem paciente. Para a impaciente que sou, nada impressiona mais do que quem sabe esperar. Mas ninguém jamais esperou que eu me acalmasse, que eu pousasse no galho mais alto e começasse a piar. Os homens são muito apressados, muito acelerados: comer, mexer, ejacular, esquecer. Nisso, se parecem comigo e não tenho raiva deles.

É curioso, só uma mulher tentou tirar minha casca, apaixonada por mim à minha revelia antes mesmo que eu me deitasse e a tocasse.

Wafa era uma vizinha de porta na época em que eu morava em frente ao cemitério. Ela passava lá em casa muitas vezes à noite para tomar chá, fumar e ouvir os discos de

Brel que Driss me dera logo antes do rompimento. Eu funcionava à base de uísque seco e borborismos, ferida demais para falar, desarticulada demais para tentar compor uma frase. Ela não me pedia nada, me chocava com os olhos, virgem enamorada, já seduzida, já abandonada. Eu me esquecia de convidá-la para comer. Esquecia-me de que eu mesma precisava jantar. Ao longo das noites mudas como túmulos, ela aprendeu a nos preparar coisinhas para beliscar, depois a fazer compras, depois a tratar do jantar sem nunca me pedir um tostão nem um conselho. Lavava a louça antes de voltar para seu apartamento de jovem viúva abandonada.

Depois ela começou a lavar minha roupa, passar a ferro meus lençóis e meus vestidos, virou meu totó, minha vassoura e minha empregada para todo serviço. Eu estava anestesiada pela dor, cega para a infelicidade e sua vertigem. Recusando-me a receber meus amantes, eu saía muitas vezes à noite e encontrava, na volta, sua luz acesa. No dia seguinte, ela ficava com cara de defunto, cheia de olheiras e com a boca amarga. Conhecia Driss e adivinhava a natureza exata de minhas escapulidas noturnas, e não se permitia nenhum comentário sobre minha conduta. Ela vigiava, esperava, estremecia quando eu encostava o ombro nela ou esfregava os seios distraidamente na sua frente. Isso durou dois anos. Nem uma só vez ela me fez uma confidência de mulher. Mas seu desejo fazia um tal estardalhaço que parecia que eu ouvia um exército de panelas se arrastar de sala em sala e bater nas paredes da casa. Optei por me calar, sem dúvida por cansaço. A menos que fosse por indiferença. A indiferença dos que se queimaram muito.

Uma noite de verão, quando um vento quente esmagava Tânger embaixo de uma tampa de chumbo, ela me serviu um uísque forte, rodopiou na sala e de repente me pousou as mãos geladas nos ombros nus. Não me mexi.

— Sabe...

— Não, eu não sei. Não quero saber.

— Badra...

Ela me deu um beijo de leve na nuca.

— Você não sabe o que está fazendo.

— Estou fazendo exatamente o que tenho vontade de fazer desde que a conheço.

— Você não me conhece.

— Mais do que você pensa.

— É o vento e a falta de homem que estão lhe virando a cabeça.

— Minha cabeça nunca esteve tão no lugar.

— Está ficando tarde... Você deveria ir para casa dormir.

Ela sumiu e fiquei em casa sozinha sentindo o cheiro das árvores recém-molhadas e do jasmim que subia, teimoso como o remorso. Eu estava triste. Eu já não tinha muita moral para defender Wafa dos seus demônios e dos meus próprios. Como lhe dizer que eu era só uma miragem? Que eu não existia? Eu sabia que ela pedia carícias e um amor que eu era incapaz de dar. Os anos servem para isso: aguçar um sexto sentido que nos diz imediatamente se um corpo nos deseja, se uma alma quer nos beber até a borra. Descobri em mim uma pena imensa de Wafa, mas, em minha paisagem mineral, não havia nenhum oásis para servir de abrigo, nenhuma mão para depositar tâmaras e uma tigela de leite a seus pés.

Não pude lhe dizer isso e ela não soube renunciar. No entanto, não a botei para fora de casa. Nossas noites, antes inanimadas, ficaram pesadas com seus ardores contrariados. Aprendi a administrá-la, furtando ao seu olhar os detalhes mais insignificantes do meu corpo, adotando vestidos amplos que me serviam de couraça, evitando qualquer postura que pudesse parecer convidativa. Ela me assediava tacitamente. Eu a enfrentava sem palavras. Essa batalha silenciosa viciava o ar e o saturava de um mal de amor que gelava a pedra que me fazia as vezes de coração.

Ela adoeceu, derrubada por uma febre esquisita que lhe deu uma aura de uma beleza sofrida, a mesma que têm as madonas ao pé da cruz. Fiz-lhe sopas, apliquei-lhe compressas na testa e nas têmporas, troquei três vezes por dia sua roupa de cama molhada de suor. Um sol escaldante batia nas persianas fechadas e uma umidade pesada me melava os dedos e a pele. Eu tinha necessidade de praia, de ar salgado e noites frescas, mas não podia abandoná-la ao mês de agosto, deserto e cruel. Ela me fazia refém e eu apenas me debatia, envisgada em seu torpor de moribunda.

Acho que foi a raiva que me impeliu, depois de cinco mórbidos dias trancada, a sentá-la à força na cama e despi-la com uma mão que não admitia o menor protesto. Seus seios eram pesados e leitosos, duas aréolas de um rosa pálido, os bicos mal contrastando com a pele. Peguei o seio direito na mão, o olhar alfinetando o dela. Imediatamente, seus olhos se encheram de lágrimas. Ela queria falar. Balancei a cabeça:

— Nem uma palavra. Nem um gesto. Você passou a corda no próprio pescoço e eu sou o melhor nó corrediço que se possa achar. Olhe para mim. Isto não é um estupro. Eu não a quero. Não a amo. Não sou nem seu homem, nem sua mulher, nem seu consolo. Também não sou igual a você. Concedo-lhe meu veneno, só por essa vez. A última. Se você insistir, decapito-a e enterro-a em seu quarto, embaixo da sua cama. Quero que você se mude, desapareça. Não agüento mais a sua viuvez. Abra a boca, descerre os dentes. Você está tremendo.

Não feche as pernas. Não me obrigue a lhe bater. Você está gozando de medo. Quantos anos desde a última vez? Seu marido fazia como? Ia direto ao alvo, dois movimentos dos quadris e uma ejaculação precoce? Ele lhe enfiou a língua no umbigo? Mordeu-lhe o interior das coxas como estou fazendo agora? Não me toque. Não sou uma pica. Não me implore com o olhar. Você está aberta o suficiente para agüentar meus dedos? Não. Está se crispando e seus seios estremecem com as minhas mordidas. Deles sai um líquido amargo. O mesmo que molha sua xoxota tristonha. Olhe para mim. Você não terá nada mais que um orgasmo. Eu como você e nunca mais você vai piscar quando lhe falarem de trepadas ferozes realizadas furtivamente. Pare de bancar o louva-a-deus. Por que você tinha que se enrabichar pela vizinha que troca de amante toda noite e não tem o que fazer dos seus suspiros enlutados? Veja. Você agora é só uma poça de porra feminina. É só uma vagina marulhosa que eu conservo à minha mercê. Não foi isso que você quis? Você ondula e quer me tragar em seu segredo que estremece e se apavora, eu vejo, sob a minha mão que toma posse dele. Você pede clemência, reclama a libertação. Eu não sou a libertação. Sou seu carrasco de uma hora que vai fazer você gozar agora mesmo, ao mesmo tempo, por três buracos diferentes.

O pior é que ela realmente gozou.

Em nenhum momento minha pele encostou na dela nem minha boca excitou seu centro de gravidade. Comi-a sem sombra de desejo, sem uma gota de ternura, irritada por ela me ter imposto seu corpo, por dele ter se servido como de um álibi, uma chantagem medíocre para a morte. Abandonei-a, cabelos desfeitos, seminua, enrugada e murcha. Jamais gostei de aranhas. Menos ainda das pessoas que aspiram a luz e, planetas mortos antes do tempo, recusam-se a restituí-la. Trepar por trepar, prefiro rir e dançar, gozar por todos os poros e beber as picas no gargalo, sem pestanejar. Eu teria feito amor com Wafa se ela fosse solar. Mas os sóis giram e não são banais. Antes de ir embora, eu lhe disse no ouvido: "Nunca mais ponha os pés na minha casa." Ela se mudou 15 dias depois do episódio. Espero que tenha encontrado uma mulher para amá-la.

Quando Driss veio me dar a notícia do seu câncer, eu já havia corrido o mundo, juntado uma pequena fortuna e mudado de endereço duas vezes. No trabalho, galgara vários degraus e preparava minha aposentadoria antecipada.

Ele diz nunca ter perdido a minha pista. Eu não duvidava disso: Tânger não passa de uma grande aldeia controlada pelos mexericos. Ele disse ter se mudado para uma casa encravada na falésia, sobre o mar, mas eu já sabia. "Convido-a para jantar", propôs, o olhar velado.

Desde 1976, a cidade havia mudado, e quase todos os nossos restaurantes do passado haviam virado espeluncas. Menos o do Roseiral, cujo terraço, dando sobre o mar, com duas aléias de loureiros cor-de-rosa, iluminava-se toda noite dos reflexos do poente espanhol.

Driss andava de Mercedes. Pediu-me para pegar a direção e limitou-se a olhar as ondas estremecerem sob as primeiras brisas da noite.

Catorze anos depois da ruptura, aparentemente, não tínhamos nada a nos dizer, ou muito pouco. Então comemos os mesmos peixes grelhados que antigamente vinham acompanhados de batatas fritas. A música *pop* egípcia tocava, ensurdecedora. Driss chamara o *maître* e pedira para desligar "essa música de merda imposta a nós pela velha bisca faraônica". Estourei na gargalhada.

Normalmente, a velha bisca era a França, não o Egito.

— Pois bem, agora são duas — disse ele cortante.

Ele queria que eu contasse. Falei-lhe de Dublin, de Túnis e de Barcelona, de Vermeer e de Van Gogh, das estampas eróticas de Katsushika Hokusai. Ele suspirou: "Ah, você me agrada! Você me agrada! E adoro o seu esmalte. Seu perfume também. Dior, se não me engano?" Depois, falei-lhe de minha aposentadoria próxima.

— Vou sair de Tânger.

— Ah... Vai se casar?

— Não, vou só voltar para casa.

— Eu soube da sua mãe... Você ficou com a casa da família?

— Estou comprando as partes de Ali e Naïma.

— Você nunca gostou de Tânger.

— Não é verdade. Nenhuma cidade me deu tanto quanto Tânger.

— E tomou também, imagino.

— Ah! A cidade não tem nada com isso.

Eu respirava o ar do mar a plenos pulmões, olhando as jangadas deslizarem na água do porto. A noite se anunciava agradável e o fundo do ar era quente.

— Quero ir para casa com você — disse ele.

Sacudi a cabeça, maternal.

— Não é sensato.

— Não estou falando de hoje. Estou falando de sempre. Quero ir para Imchouk.

— Você não pode ir. Lá não é a sua casa.

— Você é a minha casa. E eu quero ir para a sua casa.

Ele me contou sobre as metástases, a morfina, o estágio final. Minhas lágrimas inundaram o pargo mal começado e as rodelas de limão. Só tive um guardanapo para enxugá-las.

Ergui os olhos para o céu. O que íamos fazer?

— Badra, quer se casar comigo?

— Nunca!

— Você não pode voltar para Imchouk com um homem sem se casar.

— Isso é assunto meu! Por que você não se casou?

— Pelas mesmas razões que você, imagino. Liberdade demais, orgulho demais, tudo demais.

Não falamos de amor. Nem do passado. Ao sair do restaurante, Driss me deu o braço, depois se apoiou nele. Meu homem havia envelhecido. Ele agora era meu amigo.

Driss voltou comigo para Imchouk para pedir a Deus mais uns dias ou, na impossibilidade disso, morrer no campo.

Eu olho para ele e mal o reconheço. Ele está sentado perto da janela, na casa das *hajjalat*, nosso novo lar depois do dilúvio. Contempla o céu e diz ouvir o vento do deserto soprar em seu peito. Aproximo-me e trago sua cabeça para junto dos meus seios. Ele me beija por cima do tecido, depois rouba um beijo no decote. Seus cabelos já não são tão cheios quanto antes, mas continuam recendendo a água preciosa.*

A noite cai. Admiro a Ursa Maior e vejo as estrelas cadentes. Eu não disse a Driss que estava revendo Sadeq, o primeiro homem que guiou meus passos de estrangeira em Tânger. Às vezes digo a mim mesma que matei Sadeq e que meu lugar é no inferno, Deus ainda chorando a morte de um jovem de 24 anos, louco e cheio de boas maneiras. No entanto, Deus sabe que não vi Sadeq cair. Que não entendi nada de sua infelicidade.

Às vezes ele me aparecia perto do poço, naquele ponto médio em que o norte se encontra com o leste, ali onde faço

* Solução secante para a pele à base de ácido bórico e ácido acetilsalicílico. (N. da T.)

minhas orações. Ele vem sempre entre a *asr** e a *moghreb*;** a cara juvenil e a silhueta agora frágil. Sabe que nessas horas é proibido rezar. Nunca fala comigo, fica só me vendo contemplar o percurso do sol até o ocaso. No início, ele chorava. Desde que dou uma esmola que é especificamente dedicada a ele, ele se contenta em me acompanhar até a porta, dez minutos antes de o sol desaparecer atrás da montanha. Mesmo na morte, continuou ciumento e orgulhoso. Recusa-se a entrar numa casa onde dorme outro homem que não ele.

Desde que está em Imchouk, Driss se dirige a Deus diretamente, sem cerimônia: "Deus Belo e Grande, faça com que eu torne a comer minha mulher. Só uma vez. Faça com que ela torne a me dizer 'amo você'. Depois, pode enviar seus anjos para me embarcarem sem que eu proteste."

Driss pode ter a garganta inchada pelas metástases, mas a voz lhe volta quando ele fala comigo ou reza, pois ele sustenta que suas tiradas malucas são orações. Sentado no pátio, com uma manta leve nos ombros, ele começa sempre com delicadeza, como para salmodiar. O rio Harrath então pára de correr e as rãs param de coaxar. As estrelas estão gordas e o cachorro está tão cheio de coalhada que nem quer abrir o olho e ronca, como um negus.

— Deus das borboletas e dos elefantes, Você sabe que não valho nada. Você me deu Maari, Abu Nawas, Jahiz, Mohamed Ibn Abdillah, Moisés e Jesus, e eu não soube agradecer. Me deu até Uum Kulthum e Ismahane, mas isso não me impediu de fazer cagadas. Me deu Voltaire, Balzac, Jaurès, Eluard e todos os outros que Você conhece. Me deu o Nilo

* Oração das 16h13. (N. da T.)

** Oração das 19h44. (N. da T.)

e o Mississippi, a planície da Mitidja e o Sinai. Me encheu de vinho, figos e azeitonas. E eu não soube agradecer. Senhor dos Mundos, Você sabe também que fiz pior: olhei para o lado quando Salomé recebeu a cabeça do Batista como resgate. Chamei Lázaro de ingênuo porque ele se deixou ressuscitar. Não consolei Maria ao pé da cruz e não defendi Maomé quando os moleques de Thaqif o apedrejaram. Não defendi al-Hussein, cercado em Karbala, nem ofereci um odre de vinho para matar Sua sede. E ouço Mozart sem um pensamento caridoso para os linchados de Alabama. Senhor, lembra-se do Alabama? Senhor, Você perdoou o massacre de Deir Yassine na Palestina e o de Ben Talha na Argélia? Porque eu não perdoei. Sim, Deus Único, Deus Verdade. Eu pequei. Mas... Mas... Nunca ultrajei uma virgem nem tratei mal um mendigo. Jamais admiti que desalojassem as andorinhas de seus ninhos nem que derrubassem árvores para imprimir em árabe essas insanidades que insultam Sua inteligência. Naturalmente, não sou exemplo para nenhuma de Suas criaturas. Eu não deveria ter posto a mão no fogo, nos seios, nas bocetas, na pica de Hamid, no traseiro dele... Mas não conte, Senhor dos Mundos, não conte. Você sabe que tenho horror a mexericos! Olho a árvore. Eu sei. Escuto o trovão. Eu sei. Cheiro a terra depois da passagem da Sua chuva. Eu sei. Provo as amoras. Eu sei. Toco a pele das mulheres. Eu sei. Por que Você me fez cego, leproso, paralítico e surdo ao Seu canto? Por que me fez humano quando eu seria muito mais bonito como pedra, burro ou partitura?

Ele se cala dois minutos, depois recomeça, dirigindo-se à palmeira que está séria embora perturbada no pátio:

— Bom, Você me fez e eu não vou refazê-Lo. Brandir-lhe na cara os doentes que curei e que correram direto para Meca desde que lhes consertei o coração. Não, não sou mesquinho.

Me perdoe, Senhor! Me perdoe, mas, Badra, não perdoe nunca! Eu quero morrer. E até sofrer. Mas, Deus Misericordioso, faça com que Badra saiba que, de amor, foi só ela que eu tive e que, de última morada, só quero o corpo dela. Pela glória de Maomé e de Jesus entre os mortais, diga a ela que já estou no inferno por ter cuspido no seu amor! Estou morrendo. Dancem, rãs! Pavoneiem-se, porteiros! Emplastrem o cu de hena, filhos-da-puta!

Ele queria fazer amor comigo, garantindo-me que seu pau continuava subindo tão bem quanto antes, mas recusei. "Eu repugno você? Tenho mau hálito, talvez?" Não, Driss. Você não me repugnava. Mas eu tinha medo de que você não achasse mais meus seios tão firmes nem minha bunda tão bem-feita. Eu tinha medo de que a carne dos meus braços tremesse um pouco e você visse os pêlos do meu púbis embranquecidos pela velhice. Tinha medo de que você brochasse de repente diante desse corpo que tanto celebrou.

Driss dizia que as mulheres não enterram ninguém. Então eu o enterrei. Ele dizia que morria a contragosto. No entanto, não protestou quando o imã lhe meteu uma pitada de terra em cada narina e deitou-o sobre o flanco direito, virado para Meca. Não o lavei nem o beijei, temendo que ele ressuscitasse. Olhei os coveiros cimentarem seu túmulo sem protestar. Só disse ao imã:

— Sabe, ele vai me beijar assim que o senhor virar as costas!

— Glória a Deus, Único e Misericordioso! Deixe que ele descanse em paz! O corpo dele deixou este mundo, mas a alma não renunciou ao desejo! Somos apenas água e barro. Que Deus tenha piedade da Sua criatura.

É verdade que ele nunca mais me deixou. Sadeq não vem mais. Compreendeu que não havia outra pessoa a não ser Driss para me explicar, longamente, pacientemente e rindo, a mecânica das estrelas e como as figueiras são fecundadas.

Eu estava escrevendo quando senti uma presença atrás de mim e vi um rastro de luz correr no quarto. Um hálito perfumado roçou minhas têmporas. E uma cara se debruçou por cima do meu ombro para ler.

Não me mexi. Não levantei a cabeça para identificar meu visitante, convencida de que era o Anjo. Ele volta, provavelmente mais calmo e mais curioso das minhas confidências que das minhas favas.

Pela primeira vez, ouvi sua voz. Ela lia as minhas próprias frases: "Minha vida foi uma sucessão de abraços clandestinos e coitos proibidos. Eu não tinha nem sombra de ambição, nenhuma preocupação com o destino dos meus, menos ainda com o futuro do mundo. Até o dia em que conheci Driss. Depois, nunca mais amei. Não foi por falta de aventuras. Muito pelo contrário. Eu ia de casas de luxo para os fundos de lojas de comerciantes ricos, do mais profundo das alcovas aos palácios mais chiques. Lúcida, alegre ou indiferente. Nunca mais apaixonada. Cada vez que eu entrava na casa de um dos meus amantes, a idéia das portas fechadas e das janelas seladas me oprimia. Eu trocava meus dias de datilógrafa comportada por noites de amante intrépida. A escuridão acabou sendo o estojo do meu corpo adulto, quando, em criança, o que eu mais gostava era de me divertir na luz. Julguei então ter esquecido Driss."

A voz desfiou o segredo das páginas manuscritas. A intimidade do meu corpo e a mais tênue das minhas emoções. O curso atípico da minha vida. A criança levada que fui e a gueixa árabe em que havia me transformado. Os feitiços de fé e as palavras obscenas. E meu amor por Driss. Sempre. Imperioso e irascível.

Nos capítulos mais obscenos, senti o timbre mudar ao mesmo tempo em que alguma coisa endurecia atrás de mim. Virei-me e descobri a protuberância. Um sexo de anjo? Pus isso na conta das minhas fantasias. Ninguém conseguiu examinar a anatomia da prole mais sábia de Deus. E ainda que eu tivesse experiência nesse assunto, eu não podia jurar. Voltei à minha posição, sem ter, em nenhum momento, fitado a cara de meu hóspede. Foi então que ouvi sua voz, dessa vez carregada de desprezo:

— Você não tem vergonha do que acaba de escrever?

Respondi sem me mexer:

— Bastava você não ler.

— Eu não avaliava a gravidade dos seus erros.

E, num tom cortante:

— Agora você vai pagar.

Tive um sobressalto:

— Mas você é um anjo, esse não é o seu papel...

— Nenhuma criatura de Deus suportaria ouvir tantas obscenidades da boca de uma mulher.

Virei-me. E, de repente, vi um par de colhões gigantes pendurados e um sexo armado igualzinho ao do burro de Chouikh.

Perscrutei os quatro cantos do quarto. Em vão. Não havia ninguém. Salvo a sombra de Driss presa na porta entreaberta e sua voz que sussurrava: "Ah, minha amêndoa! Não fique assim tão surpresa. E aprenda de uma vez por todas: diante dos pecados de uma mulher, os anjos são homens iguais aos outros."

Impressão e Acabamento:
Geográfica editora